Prima

(84)

282-6644

Chrétien de Troyes

Yvain
ou
le Chevalier
au Lion

Préface, traduction et notes
de Philippe Walter
Professeur à l'Université de Grenoble

Gallimard

PRÉFACE

Entre 1177 et 1181, Chrétien de Troyes compose son troisième roman : Yvain ou le Chevalier au Lion. *L'œuvre est très exactement contemporaine de* Lancelot ou le Chevalier de la Charrette *et se relie à lui par quelques fils apparents*[1] *mais aussi par la symétrie volontaire des titres. Un lion d'un côté, une charrette de l'autre : deux emblèmes opposés qui résument le destin contrasté des deux protagonistes. Le romancier suggère à travers ces titres une perspective de lecture et d'interprétation croisées*[2]. *Dans les deux œuvres, c'est bien la question centrale du héros qui est posée et celle du rapport de la prouesse chevaleresque à l'amour. En quête d'un modèle héroïque et humain pour son temps, Chrétien s'interroge sur la valeur de la chevalerie dans un monde abandonné*

---

1. L'intrigue du *Chevalier de la Charrette* s'emboîte dans celle du *Chevalier au Lion* : voir les allusions des pp. 140, 146-147 et 169.
2. Voir l'essai d'Emmanuèle Baumgartner, *Chrétien de Troyes. Yvain, Lancelot, la Charrette et le Lion*, P.U.F., 1992.

*au mal, à l'erreur et à l'excès. Il pose aussi et sur-
tout le problème des relations entre la chevalerie
et l'amour : les deux idéaux sont-ils parfaitement
compatibles ou au contraire antagonistes ? La légende de Tristan et Yseut avait souligné l'impossible conciliation de l'amour-passion et de la vie
chevaleresque. Les deux romans parallèles de Chrétien illustrent la thèse exactement opposée.*

Un nouveau modèle de héros

*La littérature en français qui venait d'éclore
vers le milieu du XIIe siècle avait inventé un modèle
héroïque qui ne devait rien (ou si peu) à l'Antiquité. Il ne s'agissait plus vraiment de célébrer des
fondateurs d'empires ou d'illustres et hiératiques
souverains. Il fallait plutôt susciter des figures
d'exception qui pouvaient renvoyer aux hommes
et aux femmes du XIIe siècle une image dans laquelle ceux-ci pouvaient se reconnaître idéalement.
Ce nouveau héros s'exprimerait sur un terrain
d'exploits qui ne serait plus nécessairement le traditionnel champ de bataille des chansons de geste.
Bien au contraire, le chevalier serait désormais
appelé à vivre dans un décor quotidien où surgi-
rait parfois le poétique défi de la merveille. L'aventure, le merveilleux, l'exploit et surtout l'amour :
tels sont les ingrédients du monde romanesque*

nouveau qui se construit sous la plume de Chré-
tien de Troyes et qui servit par la suite de réfé-
rence à toute la littérature du Moyen Âge.

  Dans le Chevalier au Lion, *tout commence au*
cours d'un récit à la cour d'Arthur. Il y est ques-
tion d'une forêt mystérieuse. La mythique forêt de
Brocéliande, que Chateaubriand présente encore
au XIXᵉ siècle comme le « séjour des fées », est un
lieu propice à la quête d'aventures. Un chevalier
nommé Calogrenant y a tenté sa chance mais est
rentré bredouille. Yvain, un chevalier de la cour
d'Arthur va partir à son tour mais il se perdra tout
d'abord sur des sentiers qui ne le mènent nulle
part. Comme Calogrenant, il fait la rencontre
d'une étrange et inquiétante figure. On dirait un
gardien de troupeaux mais son apparence hybride
laisse entrevoir une archaïque figure d'homme
des bois ou d'homme sauvage, avatar d'une vieille
divinité sylvestre. L'homme a tôt fait de rensei-
gner le chevalier et de lui indiquer le chemin qui
mène à Barenton, la fontaine qui fait pleuvoir.
C'est la merveille en effet que le chevalier était
venu quérir après avoir entendu le récit de Calo-
grenant. Le fait de verser un peu d'eau sur la
dalle de cette fontaine déclenche une prodigieuse
tempête. Ensuite résonne le chant d'une nuée
d'oiseaux paradisiaques juchés sur un superbe
pin. Mais un chevalier mystérieux arrive tout sou-
dain et affronte l'aventurier téméraire qui a osé

*déclencher la tempête. Yvain n'hésite pas à mener
le combat et remporte la victoire. Il n'a pas seulement remporté un duel, il a aussi obtenu la main
de la souveraine des lieux, Laudine, une fée qui
doit demeurer l'épouse du gardien de la fontaine.
Grâce à sa victoire, Yvain est ainsi appelé à épouser cette veuve dont il tombe éperdument amoureux. L'aventure lui a souri au-delà de toutes ses
espérances. Commence alors pour le couple une
existence sans nuages mais aussi pour Yvain une
vie conjugale sans relief. Il demande à son épouse
la permission de s'absenter pour quelque temps car
il souhaite reprendre son métier chevaleresque
d'antan et participer à des tournois qui le dis-
trairont un peu. Permission accordée. Yvain doit
simplement promettre d'être au rendez-vous fixé
dans un an par sa dame. Il promet et s'en va. Absorbé par sa quête de la gloire chevaleresque, il
laisse passer l'échéance. Lorsque sa dame lui fera
savoir par une messagère qu'elle ne souhaite plus
le revoir désormais, Yvain sombrera dans une
folie noire et vivra comme une bête sauvage dans
la forêt. Heureusement, trois bonnes fées croisent
sa route et le reconnaissent. Grâce à une pommade
magique, elles peuvent guérir le chevalier et lui
rendre la raison.*

*Le héros métamorphosé renaît littéralement à
lui-même. Le premier exploit de sa nouvelle vie
consistera à délivrer un lion de l'étreinte mortelle*

d'un serpent-dragon. Pris de pitié pour le noble animal victime d'un fourbe ennemi, Yvain tue sans hésiter le serpent. Aussitôt, le lion reconnaissant se met à son service et ne le quitte plus. Il accompagne son sauveur qui devient le « Chevalier au Lion ». C'est sous ce nom que tout le monde le connaît désormais et qu'il relève de superbes défis. Il combat et vainc le géant Harpin de la Montagne qui, tel un nouveau Minotaure, vient exiger rituellement un tribut de jeunes gens pour les emmener vers une destination inconnue. Il combat encore lors d'un duel judiciaire des chevaliers félons qui avaient injustement accusé la demoiselle Lunette, l'accorte servante de son épouse. Il délivre enfin trois cents jeunes filles prisonnières d'un méchant seigneur qui les force à travailler pour un salaire de misère. Il affronte pour cela deux netuns *démoniaques, véritables monstres de combat. Heureusement le lion lui prête aide et assistance et il sort grand vainqueur de cet affrontement qui semblait perdu d'avance pour lui. Tous ces exploits parviendront aux oreilles de sa dame qui se prendra d'estime pour le Chevalier au Lion. Lorsqu'elle connaîtra la véritable identité du chevalier qui n'est autre que son propre époux, elle oubliera son ressentiment et lui ouvrira son cœur comme au premier jour. Dès lors, Yvain et sa dame vivront heureux pour toujours.*

Le Chevalier au Lion *laisse apparaître en fait une double trame réaliste et mythique. Le roman peut d'abord se lire comme l'histoire d'un couple formé par Yvain et son épouse. Les jeunes mariés traversent une crise heureusement surmontée qui met en lumière certains aspects de leur comportement et de leur psychologie. Préoccupé dès son premier roman (*Érec et Énide*) par la destinée heureuse ou malheureuse des couples, Chrétien tente de scruter les secrets intimes du cœur de l'homme et de la femme. À l'affût de leurs réactions et de leurs sentiments, il écoute les voix intérieures de leur conscience. Celle-ci s'exprime en des monologues riches de nuances psychologiques. En accordant à son héroïne principale un rôle au moins équivalent à celui du héros, Chrétien assure la promotion d'une littérature où les exploits virils ne tiennent plus exclusivement la première place. L'intérêt pour les problèmes psychologiques et moraux caractérise nettement ce nouveau style romanesque qui doit beaucoup à ces glorieux modèles que sont le* Roman d'Énéas, *le* Roman de Thèbes *ou de* Troie *précédant de peu l'œuvre de Chrétien. L'auteur champenois crée un roman exemplaire qui, à partir des situations de la vie quotidienne, s'élève vers une réflexion à valeur universelle. Le comportement des personnages sert de prétexte à une enquête sur les sentiments humains. Le roman se donne même parfois comme un manuel de savoir-aimer où l'on puisera*

*quelques recettes du succès amoureux. Le Cheva-
lier au Lion ne débute pas sans raison avec une
sorte de déploration sur la décadence des mœurs
contemporaines. Vis-à-vis du monde trivial, il bran-
dit la nostalgie d'une antique perfection de l'amour
et l'exemple glorieux des fins amants.*

*Au service de ce roman d'amour et d'aventure
apparaît une composition très simple. Apogée, déclin et renouveau, ou bien succès, faute et rédemp-
tion. Tels pourraient être en effet les trois temps de
l'itinéraire initiatique d'Yvain vers la joie d'amour.
À la faveur d'une crise surmontée, Yvain montre
deux visages bien différents. Au début de son histoire, il est d'abord ce chevalier impétueux que
rien n'effraie. Concevant la chevalerie comme un
sport désintéressé, il se laisse étourdir par la beauté
gratuite de l'exploit. Il ne rêve que tournois,
combats glorieux et force prodigieuse. L'action
pour l'action. La chevalerie devient ce jeu excitant
mais stérile dont il pourrait ne jamais se lasser.*

*Arrivent alors son oubli fatal et la malédiction
de sa dame qui le plonge dans la folie. Brusquement tout s'effondre en lui. Il n'est plus le même
homme. Il n'est même plus un homme. Il est
devenu une bête. Cette folie ne l'écarte pas seulement des autres ; elle l'éloigne aussi et avant
tout de lui-même. Que reste-t-il de la gloire insolente de ses combats ? Que reste-t-il du prestige
chevaleresque si facilement conquis ? Rien. Dans*

l'obscur anonymat de la forêt, Yvain devient un être vide de tout passé et de toute mémoire. Il lui faudra la pommade magique des fées pour renaître enfin à lui-même et connaître une nouvelle vie.

Heureusement, malgré l'épreuve, il n'a rien perdu de sa prodigieuse force physique. Il a conservé son sens de la prouesse et son énergie virile. Mais quelque chose de nouveau est apparu en lui : la compassion, l'attention à l'autre. Désormais il n'agit plus impulsivement, poussé par son désir de gloriole. Il réagit humainement. Il écoute ses sentiments avant d'agir. En voyant le lion maltraité par la fourberie du serpent, il prend fait et cause pour cet animal digne et le sauve sans hésiter. En voyant trois cents jeunes filles exploitées par un seigneur déloyal, il est saisi de pitié et leur apporte spontanément son aide. Il en sera de même pour Lunette, injustement accusée par trois médisants. À chaque fois, l'action chevaleresque peut se mettre au service d'une cause noble et juste. Le chevalier n'incarne plus alors cette force brute qui ne rêve que de s'imposer pour elle-même. Il est au contraire celui qui met cette force au service d'idéaux appelés justice, loyauté et charité. La deuxième partie du roman nous offre un Yvain métamorphosé qui fait triompher l'idéalisme chevaleresque. Il présente alors une image classique (quasi mythique) du chevalier, grand pourfendeur d'injustices et souverain défenseur des faibles et des opprimés.

L'épreuve de la folie a finalement été nécessaire à son évolution. Elle tient le rôle d'une véritable purification (catharsis) de l'idéal héroïque. Qu'il y ait dans cette conversion l'influence du christianisme militant d'un clerc comme Chrétien, comment en douter puisqu'à la même époque l'Église cherchait à canaliser l'énergie de l'aristocratie militaire[1] vers le noble idéal de la Croisade ? Au lieu de s'entre-tuer dans des luttes fratricides, les seigneurs de la guerre étaient incités à déployer leur belle ardeur virile pour une cause qui n'était pas gagnée d'avance : la campagne contre les Infidèles en Terre sainte. Ici encore, la chevalerie trouvait une autre raison d'être que l'affirmation du seul plaisir de se battre. En obligeant les hommes de son temps à s'interroger sur le sens de la prouesse et la finalité de celle-ci, Chrétien de Troyes faisait du roman un art d'interroger le monde humain et non plus un simple divertissement.

Femmes, fées

Comment ne pas remarquer à quel point la femme est présente dans ce roman et combien elle en influence le déroulement ? C'est d'abord

---

1. Jacques Le Goff, « Réalités sociales et codes idéologiques au début du XIIIᵉ siècle : un *exemplum* de Jacques de Vitry sur les tournois », *L'Imaginaire médiéval*, Gallimard, 1985, p. 248-261.

*la fée (ou dame) de la fontaine qui apporte au
jeune héros inconnu une consécration méritée.
En l'épousant, elle fait mieux que lui donner des
terres et un domaine où pourra désormais s'exercer son pouvoir. Elle lui donne surtout un rang
et une stature morale qui font d'Yvain une référence pour le monde chevaleresque. Yvain n'en
est pas immédiatement conscient puisqu'il se laisse
d'abord guider par une certaine forme d'insensi-
bilité mais, purifié de sa folie, il peut enfin acquérir cette profondeur d'âme et de cœur qui lui fit si
cruellement défaut avant sa période « mélancolique ». Toutefois, la dame de la fontaine n'est pas
la seule figure féminine de cet univers si complai-
samment féerique. Il y a aussi la servante Lunette,
véritable double de la fée et ange gardien d'Yvain.
Elle sait lui prodiguer de bons conseils et l'assister
dans les moments délicats, comme dans l'épisode
de la réconciliation finale. Il y a aussi toutes ces
dames ou demoiselles en détresse qui donneront
l'occasion à Yvain de déployer ses belles qualités
de bravoure et de mesure.*

*Yvain est d'ailleurs entouré de fées qui, au gré
des circonstances, l'aident ou le punissent. Le mot
fée vient du latin* fata, *pluriel de* fatum *signifiant
« la destinée[1] ». Dans la littérature médiévale et*

---

1. Laurence Harf-Lancner, *Les Fées dans la littérature du
Moyen Âge. Morgane et Mélusine. La naissance des fées*, Champion,
1984.

les contes, les fées ont d'abord et avant tout pour mission d'influencer le destin des humains. Lorsque la fée de la fontaine veut punir Yvain, elle lui envoie une messagère qui provoquera sa folie. L'envoyée de la fée reprend un rôle dévolu dans l'Antiquité aux Érinyes et aux Euménides. C'est l'incarnation des sentiments de culpabilité qui vont détruire moralement le chevalier. La destinée du personnage bascule alors dans la malédiction tragique. Yvain est puni par la fée de la fontaine pour son infidélité. Il perd la raison. Néanmoins, le mal qu'une fée a provoqué, d'autres fées peuvent le réparer. Ne sont-elles pas providentielles ces trois jeunes filles de la forêt (une triade de fées, à n'en pas douter) qui guérissent le sauvage Yvain ? Apparemment rien ni personne ne pouvait assagir la bête enragée qu'était devenu le beau chevalier amoureux. Pourtant, une merveilleuse pommade de la fée Morgane aura l'effet attendu et rendra à Yvain une nouvelle humanité.

Ce rôle déterminant des femmes (le plus souvent des fées) dans le roman peut s'expliquer diversement. Visiblement, le roman de Chrétien est tributaire de vieilles légendes (voire de vieux mythes) celtiques où le rôle des femmes est toujours essentiel. Les personnages féminins y sont l'avatar à peine édulcoré de figures archaïques de déesses-mères qui se présentent parfois en triades (comme dans l'histoire de Mélusine) ou sous la forme de

*magiciennes capables de susciter le merveilleux.
Si la fée de la fontaine, proche parente de la* dame
du lac *marraine de Lancelot, semble avoir renoncé
à son arsenal de magie, elle n'en conserve pas
moins quelques secrets pouvoirs sur le héros. La
légende celtique rejoint alors opportunément la
vision très médiévale de la Dame souveraine
d'amour*[1]. *Les troubadours avaient chanté cette
reine hautaine qui ne se livrait qu'avec parcimo-
nie à son amant languissant. Ils avaient surtout
exalté une conception de l'amour (la* fine amor)
*qui visait l'élimination totale de toute faiblesse
ou de toute vulgarité pour culminer dans une
idéale perfection. Le* fin amant *est donc celui qui
se dévoue corps et âme à sa dame. Il se plie aux
épreuves qu'elle lui impose et qui sont destinées à
tester l'intensité de son amour. Il ne s'avance
devant elle qu'avec un infini respect en attendant
de satisfaire ses moindres volontés. Et c'est bien
ainsi que devra se comporter Yvain pour retrouver l'estime de celle qu'il a blessée. Une fois que
sa dame l'a chassé du domicile conjugal, il subit
un châtiment qui se transforme très vite en une
épreuve salvatrice. Il expie son manque d'égard
envers elle par d'héroïques prouesses qui doivent
l'aider à reconquérir l'estime de sa dame. Et*

1. Ph. Walter, « La *fine amor* entre mythe et réalité »,
L'École des Lettres (« Le mythe de Tristan et Yseut ») 83, 1992,
p. 5-24.

lorsque enfin, après tant d'efforts, la perspective de retrouver sa dame se profile devant lui, il endosse l'habit du fin amant *pour toucher le cœur de celle qu'il aime. Le texte est ici explicite à souhait puisqu'il décerne le titre sans partage d'«ami» et «amie» aux deux personnages définitivement réunis sous la bannière de la* fine amor. *C'est la digne conclusion d'un itinéraire idéal.*

Ainsi, le Chevalier au Lion *peut se lire comme une quête de l'amour exemplaire, comme la recherche de l'harmonie idéale entre l'homme et la femme accordés aux règles stimulantes de la* fine amor. *Cette quête exemplaire suppose aussi la recherche d'un équilibre entre les exigences individuelles dictées par le désir et les contraintes d'une vie sociale et chevaleresque dont les amants ne sauraient s'extraire. C'est ici que Chrétien se sépare avec force de l'amour tristanien qui n'existait que pour lui-même et qui entraînait les amants dans un tragique isolement. L'amour d'Yvain et de sa dame ne saurait vivre dans la clandestinité. Il ne saurait non plus se refermer sur lui-même et faire des amants deux êtres seuls au monde, vivant égoïstement une passion dévorante. La garantie de la valeur de cet amour réside au contraire dans son ouverture au malheur d'autrui, dans son incitation à vouloir le bonheur des autres et à ne pas se satisfaire du seul plaisir égoïste de la vie à deux.*

La loi féminine

Le langage romanesque inventé par Chrétien fait la part belle au merveilleux[1]. *Il utilise toute une gamme de motifs qui ne relèvent pas vraiment du fantastique où se glissent des nuances de peur. Au contraire, le merveilleux suscite l'étonnement plaisant. Le mot* merveille *provient d'ailleurs du mot latin* mirabilia *signifiant « choses étonnantes ». Ce merveilleux se dispose souvent à des endroits stratégiques où le récit menaçait de s'enliser voire de se clore purement et simplement. Ainsi, lorsque Yvain a blessé à mort le défenseur de la fontaine avant de le poursuivre jusque dans son château, il ne peut plus s'enfuir pour échapper à la vindicte populaire. Une foule vengeresse veut le capturer pour le tuer. Il est sur le point d'être découvert lorsqu'il reçoit de la part de Lunette un anneau qui rend invisible. Il en use avec habileté et ne peut de ce fait être inquiété par la foule en colère. L'anneau magique offert à Yvain par la servante d'une fée (probablement fée elle-même) signifie la puissance du pouvoir féminin auquel Yvain ne peut que se soumettre. Il n'a pas d'autre choix. La fée lui sauve la vie. Dans le roman ar-*

---

1. Daniel Poirion, *Le Merveilleux dans la littérature française du Moyen Âge*, P.U.F., 1982.

thurien, le merveilleux peut apparaître ainsi comme le masque poétique de la loi féminine qui gouverne l'univers imaginaire de la fiction.

La fontaine qui fait pleuvoir est un autre exemple de ce merveilleux apprivoisé par le romancier champenois. Peut-on vraiment comprendre le sens de ce rite qui consiste à verser un peu d'eau sur une pierre pour provoquer une prodigieuse tempête ? À l'évidence, seule la magie primitive peut expliquer un enchaînement aussi imprévisible et disproportionné de causes et d'effets. Mais la magie n'est pas une explication. Elle n'est que l'indice d'une autre vérité que seul le rite ou le mythe peut assumer. Comme l'a montré James George Frazer[1], la maîtrise magique de la pluie est l'un des signes qui qualifie un candidat à la royauté. C'est le sens du privilège revendiqué par tous ceux qui tentent cette aventure et particulièrement par Yvain dans le roman de Chrétien. Le combat contre le défenseur de la fontaine vient prouver, si besoin était, que le rite de Barenton dans son ensemble vise l'acquisition d'un statut royal. Pour exercer le pouvoir souverain, Yvain doit tuer le précédent détenteur de celui-ci. Le meurtre rituel du vieux roi permet au jeune roi de tenir son rang. C'est ainsi que le motif merveilleux initial révèle par sa signification cachée l'enjeu primordial de

1. James George Frazer, *Le Rameau d'or* (1927), Laffont, 1981, t. 1, p. 159-197.

l'histoire d'Yvain comme conquête de la royauté, y compris celle de l'amour. Parmi tous les candidats à l'aventure, seul Yvain tue ce père symbolique qui lui permet de conquérir son royaume. Comment oublier en outre qu'une fée règne sur cette fontaine et qu'elle lui dicte ses volontés ? Comment oublier surtout que les fées sylvestres sont d'exquises magiciennes et que, après avoir déclenché un terrible orage, elles rassèrènent les lieux en faisant chanter délicieusement leurs oiseaux favoris ? À la violence des éléments déchaînés succède l'image d'un paradis retrouvé. Dans cet antagonisme de violence et de beauté, on ne manque pas de soupçonner la métaphore de forces intérieures qui préfigurent les orages de la passion et les délices de l'amour vécu par Yvain et sa dame.

Le merveilleux n'est donc pas qu'un simple agrément du récit, une manière de cultiver l'étrangeté poétique. Il fait partie d'un univers mythique dont le lecteur doit décrypter les sens. Il est en particulier l'expression de cette loi féminine qui parcourt le roman et qui lui donne sa cohérence secrète. Dans le Chevalier au Lion, *le pouvoir vient essentiellement des femmes et s'exerce souvent à l'insu des hommes. Lorsque ce pouvoir féminin est bafoué, il appartient au héros de le rétablir. C'est alors qu'il se met en mesure d'acquérir une excellence chevaleresque qui lui vaudra une consécration définitive.*

Un roman mythologique

Du merveilleux au mythe, la distance n'est pas très grande d'autant que les deux domaines procèdent d'un même univers originel. Le Chevalier au lion *est riche d'épisodes mythiques dans le sens le plus immédiat du mot. La mythologie peuple ses récits d'êtres monstrueux, de combats prodigieux contre des géants, d'exploits hors du commun réservés à des êtres d'élite. Yvain accomplit justement les épreuves héroïques classiques du héros parfait. Il affronte des adversaires multiples ou des personnages monstrueux avec une déconcertante énergie. L'adversaire est unique lorsqu'il s'agit du géant Harpin de la Montagne, sombre brute sanguinaire et perverse. L'adversaire est double lorsqu'il s'agit des deux fils du* netun, *les invincibles champions du seigneur de la Pire Aventure. L'adversaire est triple enfin lorsqu'il s'agit des trois chevaliers félons qui ont injustement accusé Lunette d'un crime qu'elle n'a pas commis.*

Ces exploits tirent leur caractère mythique de la nature même des adversaires affrontés. L'adversaire monstrueux ou triple est typique des mythes d'initiation à la guerre dans la mythologie indo-européenne. Le mythologue Georges Dumézil a montré l'importance du motif du combat contre trois adversaires[1]. Il y voit un thème fondamental dans l'initiation guerrière du héros indo-européen. Dans le cas des netuns, *les adversaires monstrueux ne sont que deux mais leur nature mythique est bien rappelée par leur nom :* netun *vient peut-être de Neptunum. Dans le sillage de ce nom, il faut placer les rites en l'honneur de Neptune (les* Neptunalia *dont parle Georges Dumézil[2]) et qui concernent précisément les eaux dangereuses et caniculaires qui sont apparues au début du roman avec la furieuse tempête. Avec Harpin de la Montagne[3], réapparaît une figure classique de monstre mythique et prédateur : un géant dont le caractère ogresque est renforcé par le fait qu'il vient régulièrement chercher une pâture humaine pour satisfaire ses appétits pervers. On songe naturellement au Morholt de la légende tristanienne ou au Minotaure grec.*

On notera que ces trois combats sont concentrés dans la deuxième partie de l'œuvre. Lors de ces luttes, le chevalier est toujours assisté de son lion qui semble faire corps avec lui. De ce fait, Yvain et son lion ne font qu'un. Il s'agit de deux personnages en une seule et même figure : l'un est

1. Georges Dumézil, *Horace et les Curiaces*, Gallimard, 1942.
2. Georges Dumézil, *Fêtes romaines d'été et d'automne*, Gallimard, 1975, p. 25-37.
3. Claude Lecouteux, « Harpin de la Montagne », *Cahiers de civilisation médiévale*, 30, 1987, p. 219-225.

la métaphore de l'autre. *Les miniatures médiévales n'auront aucun mal à déduire la nature héraldique de ce lion : Yvain est toujours représenté avec un écu au lion. Dans l'adaptation islandaise du* Chevalier au Lion, *le lion d'Yvain est qualifié de* berserkr. *C'est dire qu'il est un guerrier-fauve, un guerrier « à chemise d'ours », pour reprendre une expression classique de la littérature scandinave que traduit justement le terme* berserkr[1]. *En fait, Yvain tient lui-même du guerrier-fauve, ce parfait animal de combat, comme le soulignent les métaphores du texte, mais la présence d'un lion à ses côtés vient humaniser et relativiser la violence de son comportement en reportant sur la bête la terrifiante force aveugle qu'il a su désormais maîtriser. L'épisode de la folie sauvage d'Yvain témoigne sans doute de l'état de fureur propre au guerrier-fauve. Les récits mythologiques représentent cette colère et cette fureur transfigurantes caractéristiques du héros indo-européen. Cette frénésie qui correspond réellement à la folie d'Yvain constitue une étape importante dans l'initiation guerrière du héros. Dans sa période de rage et de fureur, le futur héros se confond littéralement avec l'homme-fauve. Il échange sa nature contre celle d'un ours, d'un loup ou d'un chien dont il prend directement l'apparence.*

1. Georges Dumézil, *Mythes et dieux des Germains*, PUF, 1939.

Dans la première partie du roman figure un autre épisode dont le caractère mythique est évident. Il s'agit de la coutume de la fontaine. On a depuis longtemps souligné le caractère traditionnel de cet usage qui s'apparente à de vieux rites pour obtenir la pluie, particulièrement lors des périodes de grosse chaleur. Verser un peu d'eau sur la pierre qui borde la fontaine entraîne un véritable déluge et un orage terrifiant. Le rite pratiqué autour de la fontaine de Barenton dans la forêt de Brocéliande est probablement un reste de vieux cultes néolithiques, antérieurs au monde indo-européen. Il confirme le lien d'Yvain avec la mythologie de la canicule puisque c'est la période au cours de laquelle les orages sont les plus dangereux. Mais la canicule est aussi la période zodiacale du Lion, signe emblématique d'Yvain.

Chevalier-lion

En posant d'emblée la figure du lion comme emblème de son héros Yvain, Chrétien de Troyes privilégie une figure symbolique riche de sens. Incarnant traditionnellement la bravoure, la fierté et la force, le lion résume bien les vertus que l'on s'accorde volontiers à reconnaître à Yvain. Compagnon d'armes du chevalier, le lion se confond avec lui au point que les deux êtres échangent leurs personnalités. D'une part, Yvain est comparé à un lion. D'autre part, le lion tient parfois le rôle d'Yvain. Il devient même un personnage à part entière, pourvu des mêmes réactions et sentiments qu'un humain, par exemple lorsqu'il tente de se suicider. Le lion d'Yvain est sans nul doute le premier modèle d'un personnage animal humanisé dans la littérature française : audacieuse tentative d'un écrivain inventif. Il faut relire les passages où apparaît le lion pour comprendre comment Chrétien a su humaniser cet animal a priori terrifiant.

Dans le roman, le lion est un animal guerrier qui s'apparente et se substitue à la figure plus archaïque de l'ours. Comme l'a montré un spécialiste de l'héraldique, c'est vers le milieu du XIIᵉ siècle que se produit une mutation importante dans l'histoire des symboles : l'ours qui est alors considéré comme le roi des animaux est remplacé par le lion[1]. Le roman de Chrétien de Troyes se place donc au moment où l'ours tend à devenir lion sous l'influence de modèles antiques gréco-latins[2]. Avant d'être un chevalier au lion, Yvain a sans doute été un chevalier à l'ours, à l'instar d'Arthur qui porte justement le nom celtique de l'ours

1. Michel Pastoureau, « Quel est le roi des animaux ? », *L'Hermine et le sinople. Études d'héraldique médiévale*, Le Léopard d'or, 1982, p. 159-175.
2. Annie Schnapp-Gourbeillon, *Lions, héros, masques. Les représentations de l'animal chez Homère*, Maspero, 1981.

(art). Rappelons en effet qu'en ancien français le nom du roi est Artu(s) et on n'aurait aucun mal à trouver des héros antiques qu'une relation archaïque au lion a pour ainsi dire portés vers un statut mythique. Le plus célèbre de ces héros est sans conteste Héraclès, toujours associé au lion qui rappelle l'un de ses exploits. Il revêt sur ses épaules en effet la peau du lion de Némée qu'il a tué dans un de ses célèbres travaux. À travers cette peau qui lui sert d'emblème, il s'est approprié la force mythique du lion. Il est devenu un homme-lion. Yvain est une sorte d'Héraclès celtique. Lui aussi accomplit des exploits sans toutefois tuer le lion qui va devenir son emblème. Au contraire, le lion deviendra son compagnon après avoir été sauvé de l'étreinte mortelle du serpent. Notons ici que, dans la langue médiévale, serpent *désigne plutôt un dragon qu'un simple serpent (c'est bien ainsi que le représentent les miniaturistes du Moyen Âge). Son analogue serait plutôt la tarasque*[1] *vaincue par sainte Marthe dont le nom rappelle celui de l'ours* (art *dans les langues celtiques) et dont la fête tombe le 29 juillet en pleine période caniculaire*[2]. *Si le Chevalier au Lion tue le*

1. La tarasque est un dragon qui hantait la région de Tarascon (en Provence) et que sainte Marthe réussit à vaincre en le liant à l'aide d'une ceinture.

2. Sur ce mythe chrétien : Louis Dumont, *La Tarasque*, Gallimard, 1987 (1re édition : 1951).

dragon en présence d'un lion, on peut assurément traduire cet épisode en termes de calendrier : Yvain est bien un héros de la canicule. Il accomplit son exploit lorsque le soleil est dans le signe du Lion et il tire de cet exploit son surnom. La mythologie chrétienne du Moyen Âge conserve dans le calendrier la mémoire du mythe celtique fondateur sur lequel est construit le roman de Chrétien. C'est ce que Nathalie Stalmans appelle avec raison les « affrontements des calendes d'été dans les légendes celtiques[1] ». Ce mythe se retrouve aussi bien dans les légendes hagiographiques que dans plusieurs récits hérités du monde celtique.

Le lien entre Yvain et le lion serait ainsi de nature zodiacal. Il soulignerait le caractère solaire du héros qu'il partage d'ailleurs avec Gauvain dont il est le cousin germain mais il renverrait aussi à sa date de naissance. Il existe un texte irlandais racontant la naissance mythique d'Yvain/Owein. On y apprend que le héros a été engendré, près du gué de l'Aboiement, lors d'une nuit de Samain (autrement dit le 1ᵉʳ novembre). Par conséquent, il naît neuf mois plus tard, le 1ᵉʳ août, jour de Lugnasad (fête du dieu solaire Lug[2]) dans le

---

1. Nathalie Stalmans, *Les Affrontements des calendes d'été dans les légendes celtiques*, Bruxelles, Société belge d'études celtiques, 1995.
2. Au nom de Lug se rattache le nom de Laudine (voir p. 97 n. 1).

*calendrier celtique. Ainsi, le signe du Lion (du
22 juillet au 23 août) est le signe zodiacal d'Yvain*[1].
*Natif du Lion, Yvain est un enfant du soleil car le
soleil possède son domicile astrologique dans le
seul signe du Lion. La présence d'un lion aux
côtés d'Yvain n'est plus alors un simple hasard.
Il rappelle le caractère solaire du héros. Il préfigure aussi son destin héroïque et royal. Il est
admis en effet dans la tradition astrologique que
le signe du Lion est un signe d'excellence puisqu'il
est lié à l'astre le plus puissant : le soleil.*

*Dans l'interprétation traditionnelle de l'Anti-
quité, le signe du Lion est le signe royal par défini-
tion. Macrobe (que Chrétien de Troyes connaissait
fort bien puisqu'il le cite au v. 6730 d'Érec et
Énide) était un grammairien latin du début du
V*[e] *siècle après Jésus-Christ. Il était l'auteur d'un
commentaire à la fois mathématique, astrono-
mique et mythologique sur le* Songe de Scipion
de Cicéron. Ce Commentaire sur le Songe de
Scipion *développe une idée essentielle que les
érudits du Moyen Âge devaient méditer. La Voie
Lactée (dont on sait qu'elle apparaît lorsque le
soleil est dans le signe zodiacal du Lion) est la
voie des héros. Tout personnage qui aurait un lien*

---

1. Sur tous ces aspects calendaires : Ph. Walter, *Canicule.
Essai de mythologie sur Yvain*, SEDES, 1988. Sur la mythologie
caniculaire voir aussi : Robert Triomphe, *Le Lion, la Vierge et le
miel*, Les Belles Lettres, 1989.

*avec cette Voie Lactée ne pourrait être que pré-
destiné à un destin d'exception. C'est bien le cas
d'Yvain porté vers sa destinée royale par ce signe
exemplaire.* De très nombreuses sculptures de
l'époque romane illustrent les thèmes de cette mythologie solaire où les figures bibliques et gréco-
romaines rejoignent les grands thèmes celtiques.

À partir d'une mythologie qu'il hérite du monde
celtique et qui exploite quelques grands motifs
mythiques liés à la période de la canicule (signe
zodiacal du Lion), Chrétien de Troyes livre dans
le Chevalier au Lion *un nouveau mythe adapté
au monde chrétien et courtois du Moyen Âge. Ce
mythe est celui du chevalier-roi, modèle de toute
perfection, qui s'élève vers une souveraineté royale
et amoureuse à la fois.* Dans l'évolution de l'écriture romanesque de Chrétien de Troyes, ce roman
expérimente une véritable esthétique du symbole,
comme l'a montré Daniel Poirion. À partir des
éléments que lui livre la tradition orale des Celtes,
Chrétien cherche à créer un personnage qui serait
une référence suprême en matière d'héroïsme. Le
symbolisme zodiacal lui sert à suggérer l'image
d'un héros solaire capable de rivaliser avec ses glorieux ancêtres antiques. Yvain, sous les traits du
héros, incarne la perfection de la chevalerie courtoise : ardent défenseur des faibles et des opprimés,
il est le chevalier sans reproche qui donne désormais à la chevalerie une mission morale qui

Yvain
ou
le Chevalier au Lion

Arthur, le bon roi de Bretagne qui, par sa prouesse, nous[1] enseigne à être preux et courtois, tenait une cour somptueuse et vraiment royale lors de cette fête si coûteuse qui s'appelle fort justement la Pentecôte[2]. La cour se trouvait à Carduel au pays de Galles. Après le repas, dans toutes les salles du château, les chevaliers s'assemblèrent là où les dames et les demoiselles les avaient invités[3]. Les uns racontaient des histoires, les autres parlaient d'Amour[4] ainsi que

1. *Yvain* ne comporte pas l'habituel prologue souvent assorti d'une dédicace. Pourtant, Chrétien s'adresse visiblement à un public de cour (sans doute la cour de Marie de Champagne), ainsi que le laisse entendre la première personne du pluriel de cet appel à l'exemple.
2. La Pentecôte est la grande fête arthurienne de l'été ; sa mention est quasi rituelle lors de la réunion des cours du roi Arthur.
3. À la cour du roi Arthur, hommes et femmes ne mangeaient pas ensemble.
4. Alors que, dans *Cligès*, Amors, armé d'un arc et d'un carquois de flèches, est toujours du sexe masculin, dans *Yvain* (voir ici v. 13) comme dans *Lancelot*, Amors est invariablement une femme. Impérieuse comme une dame féodale ou comme la Vénus des romans antiques, elle impose ses lois et entend faire respecter ses droits.

des tourments, des souffrances et des grands bien-
faits que ressentirent souvent les disciples de sa
règle, jadis très douce et agréable. Aujourd'hui
cependant, le nombre de ses fidèles a bien dimi-
nué ; presque tous l'ont abandonnée. La réputation d'Amour en est fort amoindrie, car les
amoureux d'antan passaient pour être courtois, preux, généreux et honnêtes. Maintenant,
Amour est la fable de tout le monde, parce que
ceux qui lui restent étrangers disent aimer mais
ils mentent, et ceux qui se vantent à tort d'aimer
donnent dans la fable et le mensonge. Mais
parlons plutôt des amoureux d'autrefois et lais-
sons ceux d'aujourd'hui ! Car mieux vaut, à mon
avis, un homme courtois et mort qu'un rustre
vivant[1]. Voilà pourquoi il me plaît de raconter
une histoire captivante au sujet du roi dont l'extraordinaire renommée s'est répandue partout
de nos jours. Je m'accorde sur ce point aux
Bretons : son nom vivra toujours et, grâce à lui,
on conserve le souvenir des chevaliers d'élite
qui souffraient pour conquérir l'honneur. Ce
jour-là toutefois, les chevaliers s'étonnèrent
beaucoup de voir le roi se lever et quitter leur
compagnie. Cela déplut fort à certains qui se

---

1. Locution proverbiale : les proverbes constituent un orne-
ment du style dans les arts poétiques latins mais aussi chez Chrétien qui, tantôt les reprend à son compte, tantôt les met dans la
bouche de ses personnages.

lancèrent dans de longs commentaires, car ils
n'avaient jamais vu le roi, lors d'une si grande
fête, se rendre dans sa chambre pour aller
dormir et pour se reposer. Ce jour-là, pourtant, la reine le retint auprès d'elle ; il demeura
tant à ses côtés qu'il s'oublia et s'endormit.
Dehors, à la porte de la chambre, se trouvaient
Dodinel[1], Sagremor[2], Keu, monseigneur Gauvain et monseigneur Yvain. Calogrenant se
tenait en leur compagnie[3] ; ce chevalier fort ave-
nant avait entrepris pour eux un conte, moins
à son honneur qu'à sa honte. La reine prêta
l'oreille au récit qu'il avait commencé ; elle
quitta le lit du roi et s'approcha d'eux fort discrètement. Sans être remarquée de personne,
elle se glissa parmi eux. Seul, Calogrenant se
leva prestement en la voyant. Keu, toujours très
acerbe, perfide, pointu et venimeux, lui dit

1. Appelé ailleurs *Dodin(i)el, Dodinet, Dodin* ou *Dodyniaus*,
ce chevalier arthurien porte parfois le surnom de « Sauvage ». Ce
surnom remonterait à une étape « primitive » de la légende
arthurienne. Dodinel ne faisait alors pas partie de la cour mais
vivait dans une contrée sauvage où il donnait l'hospitalité aux
chevaliers errants.
2. Ce chevalier arthurien porte souvent le surnom de « le
Dérangé », « le Fou » à cause de sa nature « mélancolique ». Il
est périodiquement victime d'accès de folie.
3. Ce chevalier arthurien est présenté plus loin comme le
cousin d'Yvain. Un roman de Robert de Blois (*Beaudous*) en fait
le neveu du même Yvain. Dans le *Lancelot en prose* (XIIIe siècle)
il sera tué par Lyonel pour s'être mêlé à une querelle entre celui-
ci et Bohort.

alors[1] : « Par Dieu, Calogrenant, le beau saut et
la belle prouesse que voilà ! Vraiment, il me
plaît que vous soyez le plus courtois d'entre
nous ! C'est ce que vous croyez, à coup sûr, tellement vous manquez de cervelle ! Ma dame est
en droit de penser que vous êtes plus courtois et
plus preux que nous tous. C'est par paresse que
nous ne nous sommes pas levés, sans doute, ou
alors c'est parce que nous n'avons pas daigné
le faire. Par Dieu, messire, si nous ne l'avons
pas fait, c'est que nous n'avions pas encore vu
notre reine alors que vous étiez déjà debout. —
Vraiment, Keu, je pense que vous auriez éclaté
aujourd'hui, fait la reine, si vous n'aviez pu
vider votre abondant venin. Quelle détestable
et vilaine attitude de chercher querelle à vos
compagnons ! — Ma dame, fit Keu, si nous ne
gagnons rien à vous fréquenter, faites en sorte
que nous n'y perdions pas non plus ! Je ne
pense pas avoir dit quelque chose qui puisse
m'être reprochée et, s'il vous plaît, changeons
de sujet ! Il n'est ni courtois ni intelligent
d'éterniser une conversation stérile. Celle-ci ne
saurait se poursuivre car elle n'honorerait personne. Incitez-le plutôt à poursuivre l'histoire

---

1. Traditionnellement, le sénéchal Keu a toujours fort mauvais caractère. Il est tout à fait conforme à son rôle de personnage anticourtois : il sert de repoussoir aux vrais chevaliers
courtois.

qu'il a commencée car, ici, il n'y a aucune raison
de se battre ! — Ma dame, répliqua Calogrenant,
cette dispute ne m'affecte guère. Tout cela
m'est bien égal et je n'y prête guère attention. Si
Keu m'a insulté, je n'aurai nullement à en pâtir.
À de plus vaillants et plus sages que moi, messire Keu, vous avez adressé des propos honteux
ou odieux, car vous êtes coutumier du fait. Il en
va toujours ainsi : le fumier doit nécessairement
puer, les taons doivent piquer, les bourdons
bruire, et les traîtres se rendre odieux et nuire.
Mais je ne poursuivrai pas mon histoire si ma
dame ne m'implore pas de le faire. Je la prie de
ne pas insister et de ne pas me demander quelque
chose qui me gênerait, de grâce ! — Dame, tous
ceux qui sont ici, fait Keu, vous sauront gré de
lui faire cette demande et ils écouteront volontiers son récit. Ne le faites surtout pas pour moi
mais, par la foi que vous devez au roi qui est
votre seigneur et le mien, demandez-lui de continuer et ce sera bien ! — Calogrenant, dit la
reine, oubliez la provocation de messire Keu, le
sénéchal. Médire est devenu pour lui une habitude et il est impossible de l'en corriger. Je vous
demande, je vous implore d'étouffer en vous
tout ressentiment. Ne vous privez pas, à cause
de lui, d'un récit agréable à entendre, si vous
voulez conserver mon amitié. Reprenez donc
depuis le commencement ! — Assurément, ma

dame, il me pèse d'obéir à vos ordres ! Si je ne
redoutais pas de vous mécontenter, je me laisse-
rais arracher une dent plutôt que de leur raconter encore quelque chose aujourd'hui. Mais je
ferai ce qui vous convient, quoi qu'il doive m'en
coûter[1]. Puisque tel est votre plaisir, écoutez
donc ! Prêtez-moi le cœur et l'oreille car la parole se perd si le cœur ne l'entend pas. Il y a des
gens qui entendent une chose incompréhensi-
ble pour eux et qui l'approuvent ; en fait, ils
n'en retiennent que le bruit puisque le cœur ne
l'a pas comprise. La parole vient aux oreilles
comme le vent qui vole, mais elle ne s'y arrête
ni demeure ; elle s'en va, en un rien de temps, si
le cœur n'est pas assez éveillé ni exercé pour la
saisir au vol. Car, s'il peut la saisir à l'état de
bruit, s'il peut l'enfermer et la retenir, les
oreilles sont la voie et le conduit qui amènent la
voix jusqu'au cœur. Le cœur saisit alors, dans la
poitrine, la voix qui entre par l'oreille. Ainsi,
celui qui voudra me comprendre doit me confier
son cœur et ses oreilles car je ne veux proférer
ni songe, ni fable, ni mensonge.

---

1. Chrétien exploite ici le motif du chevalier récalcitrant qui,
en obéissant aux ordres d'une dame, raconte, à contrecœur, un
épisode triste de sa propre vie. Ce motif remonte au récit de la
destruction de Troie chez Virgile : Énée cède aux instances de
Didon qui finira par tomber amoureuse de lui. Ce motif virgilien
a été repris dans le *Roman d'Énéas*, parfaitement connu de Chrétien.

« Il y a plus de sept ans, il advint que je me
trouvai seul comme une âme en peine. J'étais
parti en quête d'aventures, armé de pied en cap
comme il sied à un chevalier. J'avais pris un
chemin sur ma droite et m'engageais dans une
épaisse forêt. C'était un sentier assez traître,
plein de ronces et d'épines. Non sans peine, je
suivis cette voie et ce sentier. Je chevauchai pendant presque une journée jusqu'au moment où
je quittai la forêt, celle de Brocéliande[1]. Sorti de
la forêt, j'arrivai dans une lande et vis une
bretèche[2] à une demi-lieue galloise[3], un peu
moins peut-être mais certainement pas plus. Je
m'orientai dans cette direction au petit trot. Je
vis l'enceinte ainsi que le fossé large et profond
qui l'entourait. Sur le pont se trouvait le propriétaire de la forteresse ; il tenait sur son poing
un autour[4] qui avait mué. Je l'avais à peine salué
qu'il vint me tenir l'étrier et me demanda de
descendre. Je m'exécutai car il n'y avait rien

---

1. La forêt de *Brocéliande* (ou « forêt de Paimpont », en Ille-
et-Vilaine) s'étendait depuis Monfort et Guichen à l'est jusqu'au-
delà de Rostrenen à l'ouest. Son premier nom français fut *Brecilien*
ou *Brecillien* et *Brecheliant*. Le poète anglo-normand Wace, qui
la mentionne avant Chrétien, en parle dans son *Roman de Rou*
(éd. Holden, t. II, p. 121, v. 11512-11517) : « Brocéliande sur
laquelle les Bretons racontent bien des légendes [est] une grande
et large forêt, très célèbre en Bretagne. » *Brocéliande* semble être
une forme réinventée par Chrétien à partir d'une base bien plus
ancienne.
2. Bretèche : poste avancé d'une fortification.
3. Unité de mesure des distances employée au pays de Galles.
4. Autour : oiseau de proie utilisé pour la chasse.

d'autre à faire et j'avais besoin d'un gîte. Aussitôt, il me dit plus de sept fois d'affilée : "Béni soit le chemin qui vous a conduit jusqu'ici." Ensuite, nous entrâmes dans la cour et passâmes le pont et la porte. Au milieu de la cour du vavasseur[1] — que Dieu lui rende la joie et l'honneur qu'il me fit ce soir-là ! — pendait un disque où il n'y avait, je crois, ni fer, ni bois, ni rien qui ne fût en cuivre. Le vavasseur frappa trois coups sur ce disque, à l'aide d'un marteau pendu à un petit poteau. À l'intérieur de la demeure, les domestiques entendirent cet appel. Ils sortirent dans la cour. L'un d'eux courut vers mon cheval et en prit soin. Je vis alors qu'une jeune fille belle et distinguée venait à ma rencontre. Je contemplai sa sveltesse et sa taille élancée. Elle me désarma fort adroitement, en s'y prenant très bien, très élégamment ; elle me revêtit d'un court manteau d'écarlate, couleur bleu de paon et fourré de vair. Puis, tout le monde disparut, de sorte qu'il ne resta plus personne hormis la jeune fille et moi. Cela me plut car je ne tenais pas à voir beaucoup de gens autour de moi. Elle m'emmena m'asseoir dans le plus joli petit pré du monde[2] ; il était entouré d'un muret. Là, je la

---

1. Vavasseur : vassal d'un seigneur lui-même vassal d'un autre seigneur.
2. Évocation du *locus amœnus*, classique dans la littérature latine et médio-latine et qui devient le verger ou le jardin d'amour dans la littérature médiévale.

trouvais si bien élevée, si cultivée et s'exprimant
si bien, d'un tel charme enfin et d'une telle dis-
tinction que je me plus fort en sa compagnie. Et
jamais, pour rien au monde, je n'aurais voulu
me séparer d'elle. Mais ce soir-là, le vavasseur
me dérangea en venant me chercher à l'heure
du souper. Impossible de m'attarder davantage ;
j'obéis donc. Du souper, je vous dirai seulement
qu'il répondit tout à fait à mon attente, surtout
quand la jeune fille s'assit devant moi. Après le
repas, le vavasseur m'avoua qu'il ignorait depuis
quand il avait hébergé des chevaliers errants en
quête d'aventure. Cela faisait longtemps qu'il
n'en avait plus accueilli aucun. Ensuite, il me
pria de revenir chez lui, sur le chemin du retour, pour l'obliger, si toutefois cela était possible. Je lui répondis : "Volontiers, sire !" car il
eût été honteux de refuser. J'aurais tenu mon
hôte en piètre estime si je lui avais refusé cette
faveur.

« Cette nuit-là, je fus très bien logé et mon
cheval fut sellé, dès le point du jour, comme je
l'avais instamment demandé la veille au soir. On
avait ainsi accédé à ma demande. Je recomman-
dai au Saint-Esprit mon aimable hôte et sa chère
fille. Je pris congé de tous et m'en allai dès que
je pus. Je n'étais guère éloigné de mon gîte
quand je trouvai, dans un essart[1], des taureaux

---

1. Essart : espace défriché au milieu d'une forêt.

aussi sauvages que des léopards[1] ; ils s'affron-
taient entre eux et faisaient un tel bruit, manifestaient une telle cruauté et une telle sauvagerie
que, si vous voulez savoir la vérité, j'eus un
moment de recul ; aucun animal en effet n'est
plus sauvage et plus farouche que le taureau. Un
paysan qui ressemblait à un Maure[2], démesuré-
ment laid et hideux — décrire une telle laideur
est impossible ! —, s'était assis sur une souche et
tenait une grande massue à la main. Je m'appro-
chai du paysan et vis qu'il avait la tête plus
grosse qu'un roncin[3] ou qu'une autre bête, les
cheveux ébouriffés et le front pelé, large de presque deux empans, les oreilles velues et grandes
comme celles d'un éléphant, les sourcils énor-
mes, la face plate, des yeux de chouette, un nez
de chat, une bouche fendue comme celle du
loup, des dents de sanglier, acérées et rousses,
une barbe rousse, des moustaches entortillées, le
menton accolé à la poitrine, l'échine voûtée et

1. La mythologie est sous-jacente dans tout ce passage. Pour
comprendre l'incongruité apparente de ces associations animales,
on peut songer à des légendes hagiographiques comme celle de
saint Blaise qui vit entouré de lions, d'ours, de loups et d'autres
bêtes sauvages qui, habituellement, ne se trouvent pas ensemble
dans les mêmes régions.
2. Ce paysan possède en fait les traits caractéristiques d'un
personnage mythique essentiel dans la culture médiévale : il s'agit
de l'homme sauvage qui, comme son nom l'indique, vit dans la
forêt (*silvaticus*).
3. Le *roncin* est un cheval de charge, une monture pour les
valets et les écuyers.

bossue. Appuyé sur sa massue, il portait un
habit bien étrange, sans lin ni laine, mais, à son
cou, étaient attachées deux peaux fraîchement
écorchées de deux taureaux ou de deux boeufs.
Le paysan se dressa sur ses jambes dès qu'il me
vit approcher. Je ne savais pas s'il voulait me
toucher et j'ignorais ce qu'il cherchait au juste
mais je me tenais sur mes gardes jusqu'à ce que
je le voie debout, tout coi et immobile ; il était
monté sur un tronc d'arbre et mesurait bien dix-
sept pieds[1]. Il me regarda sans mot dire, tout
comme l'aurait fait une bête. Je croyais qu'il
n'avait pas l'usage de la parole et qu'il était dé-
pourvu d'intelligence. Néanmoins, je m'enhardis
suffisamment pour lui dire : "Hé, là ! Dis-moi
donc si tu es une bonne créature ou non ! — Je
suis un homme, me répondit-il. — De quelle
sorte ? — De l'espèce que tu vois ! Je ne change
jamais[2]. — Que fais-tu ici ? — Je m'y tiens et je

---

1. Trait évident de gigantisme : le personnage mesurerait
environ cinq mètres. Le conte gallois d'*Owein* accentue encore les
traits mythiques du personnage : « Au sommet du tertre, tu verras
un grand homme noir, aussi grand que deux hommes de ce
monde. Il n'a qu'un seul pied, et un seul œil au centre du front »
(« Owein ou le conte de la Dame à la Fontaine », *Les Quatre Branches du « Mabinogi » et autres contes gallois du Moyen Âge*, traduit
du moyen gallois, présenté et annoté par Pierre-Yves Lambert,
Gallimard, « L'Aube des peuples », 1993, p. 215.)
2. Cet homme sauvage évoque, par certains aspects, le personnage de Merlin. L'allusion voilée au caractère féerique du
personnage est perceptible à travers ce dialogue avec le chevalier.
Le narrateur suggère les dons de métamorphose de l'enchanteur
pour les nier aussitôt.

garde les bêtes de ce bois. — Tu les gardes ? Par
saint Pierre de Rome, elles ne savent pas alors
ce qu'est un homme ! Depuis quand garde-t-on
une bête sauvage, dans une plaine, un bois ou
ailleurs, sans l'attacher ou la parquer ? — Je
garde pourtant celles-ci et les soumets à ma
volonté : jamais elles ne quitteront cet enclos. —
Tu les soumets ? Dis-moi la vérité ! — Aucune
n'ose bouger dès qu'elles me voient venir. Quand
j'en attrape une, je l'empoigne fermement et
puissamment par les cornes. Alors, toutes les
autres tremblent de peur et m'entourent comme
pour crier grâce. Mais toute autre personne que
moi qui se trouverait au milieu d'elles ne pourrait éviter une mort immédiate. C'est ainsi que je
règne sur mes bêtes. À ton tour de me dire quel
homme tu es et ce que tu cherches ! — Je suis,
comme tu vois, un chevalier qui cherche l'introuvable. Ma quête a duré longtemps et, pourtant, elle est restée vaine. — Et que voudrais-tu
trouver ? — L'aventure, pour mettre à l'épreuve
ma vaillance et mon courage. Je te prie, je te
demande et je t'implore de me conseiller une
aventure ou une merveille, si tu en connais une.
— Il faudra que tu te passes d'aventure, fait-il,
car je n'y connais rien et n'en ai jamais entendu
parler. Mais, si tu voulais aller tout près d'ici,
jusqu'à une fontaine, tu n'en reviendrais pas sans

mal, à condition de lui rendre ce qu'elle mérite.
Tout près d'ici, tu trouveras un sentier proche
qui t'y mènera. Va tout droit, si tu veux écono-
miser tes pas, car tu risquerais vite de t'égarer : il
y a beaucoup d'autres chemins ! Tu verras la
fontaine qui bout[1], et pourtant elle est plus
froide que le marbre. Le plus bel arbre jamais
formé par la Nature lui offre son ombrage. Il
garde son feuillage en toutes saisons et nul hiver
ne saurait le priver de ses feuilles. Un bassin de
fer y pend, lui-même suspendu à une chaîne si
longue qu'elle descend jusque dans la fontaine.
À côté de la fontaine, tu trouveras un perron ; il
m'est impossible de te le décrire car je n'en ai jamais vu de semblable. De l'autre côté, se trouve
une chapelle, petite mais fort belle[2]. Si tu puises
de l'eau avec le bassin et si tu la répands sur le
perron, tu verras se produire une tempête à
faire fuir toutes les bêtes de la forêt : chevreuils,
cerfs, daims, sangliers ou oiseaux la quitteront,
car tu verras s'abattre la foudre et le vent, tu verras les arbres se briser, la pluie, le tonnerre et
les éclairs se déchaîner. Si tu peux y échapper

1. Pour les mentalités anciennes, l'eau bouillonnante (c'est-à-
dire « gazeuse ») était caractéristique des fontaines oraculaires
par lesquelles transitait la parole des dieux ou la sanction des fées
comme à Barenton.
2. Chrétien évoque à plusieurs reprises une chapelle près de
la fontaine de Barenton. Aucun texte historique ne mentionne
toutefois un tel édifice qui aurait assuré la christianisation de ce
site païen.

sans grands ennuis et sans peine, tu seras le plus chanceux des chevaliers à être allé là-bas." Je quittai le paysan dès qu'il m'eut indiqué le chemin. L'heure de tierce[1] était peut-être passée et on devait être aux alentours de midi quand j'aperçus l'arbre et la fontaine. Je sais parfaitement que l'arbre était le plus beau pin qui eût jamais poussé sur la terre. À mon avis, jamais une goutte de pluie, même s'il avait plu assez fort, n'aurait pu le traverser ; elle aurait plutôt coulé par-dessus. Je vis le bassin qui pendait à l'arbre ; il était de l'or le plus fin jamais vendu dans une foire. Quant à la fontaine, vous pouvez me croire, elle bouillonnait comme de l'eau chaude. Son perron, d'une seule émeraude percée comme une outre[2], était soutenu par quatre rubis plus flamboyants et vermeils que le soleil du matin se levant à l'orient. Je ne vous raconterai pas le moindre mensonge à ce propos, en toute connaissance de cause. Le spectacle merveilleux de la tempête et de l'orage me plut et, à cause de lui, je ne me considère plus comme quelqu'un de raisonnable, car je devrais me repentir sans tarder, si cela était possible, d'avoir arrosé la pierre percée avec l'eau du bassin. J'en avais trop versé,

1. Tierce : troisième heure de la journée (environ 9 heures du matin).
2. La fontaine de Barenton, selon le témoignage de Chrétien, surgit d'une pierre percée.

assurément, car je vis le ciel si déchiré qu'en plus
de quatorze endroits les éclairs me frappaient les
yeux alors que les nuées jetaient, pêle-mêle,
pluie, neige et grêle. La tempête fut si mauvaise
et si forte que je crus mourir cent fois de la foudre qui tombait autour de moi et des arbres qui
se brisaient[1]. Sachez que mon immense frayeur
dura jusqu'à ce que le temps se radoucît. Mais
Dieu me rassura bientôt car la tempête ne dura
guère et tous les vents s'apaisèrent. Aussitôt
que Dieu le décida, ils n'osèrent plus souffler.
Quand je vis la clarté et la pureté de l'air, je re-
trouvai ma joyeuse sérénité car la joie, si j'ai jamais appris à la connaître, fait vite oublier les
grands tourments. Après la tempête, des
oiseaux se rassemblèrent sur le pin et, le croira
qui voudra, chaque branche, chaque feuille en
était recouverte. L'arbre n'en était que plus
beau. Le doux chant des oiseaux laissait entendre une harmonieuse musique. Chacun chantait
une mélodie différente ; nul ne reprenait l'air
entonné par les autres. Leur joie me réjouit ; je
les écoutai jusqu'à la fin de leur office. Jamais
mes oreilles n'avaient encore eu droit à pareille

---

1. Chrétien évoque hyperboliquement la puissance de cette
tempête mais, dans le conte gallois d'*Owein*, la grêle est meur-
trière au sens propre : « Pas un seul grêlon n'aurait pu être arrêté
par la peau ni par la chair, avant de toucher l'os. » (*Les Quatre
Branches du « Mabinogi »*, p. 217.)

fête. Personne, je pense, n'aurait pu jouir autant
que moi d'une telle musique ; celle-ci me procu-
rait un plaisir suave, à en perdre la raison. Je
restai dans cet état jusqu'à ce que j'entende arriver un chevalier, à ce qu'il me semblait du
moins. Je crus d'abord qu'ils étaient dix, tant
l'unique chevalier qui venait faisait de bruit et
de fracas[1].

« Quand je le vis arriver seul, je passai aussitôt
la bride à mon cheval et ne tardai guère à l'enfourcher ; et lui, comme en proie à la colère,
arriva plus vite qu'un alérion[2] et plus farouche
qu'un lion. Il me défia en hurlant : "Vassal, vous
m'avez odieusement outragé en négligeant de me
défier. Vous auriez dû me lancer un défi, s'il y
avait eu un motif de querelle entre nous, ou tout
au moins vous auriez dû réclamer votre bon droit
avant de me faire la guerre. Mais si je le puis, seigneur vassal, je ferai retomber sur vous cette
grave faute. Partout alentour, ma forêt ravagée
produit la preuve du dommage que j'ai subi.
Celui qui est lésé doit se plaindre ; c'est pourquoi
je me plains, j'en ai le droit, car vous m'avez

1. Cette insistance sur le vacarme causé par le défenseur de la
fontaine a incité les mythologues à reconnaître en lui un dieu de
l'orage et du tonnerre. Chrétien estomperait toutefois ce trait mythologique en ramenant le chevalier à des normes plus ordinaires.
2. Au XIIᵉ siècle, on donne le nom d'*alérion* à un véritable
oiseau, une grande espèce d'aigle. L'emblème héraldique (petite
aigle aux ailes étendues, sans pieds ni bec) naîtra plus tard.

contraint à sortir de chez moi à cause de la foudre et de la pluie. Vous me tourmentez, et malheur à qui s'en réjouit ! Une grande tour et une
haute muraille ne m'auraient été d'aucune utilité
et d'aucun secours pour contrer les terribles ra-
vages que vous avez infligés à mon bois et à mon
château. Face à ce cataclysme, il n'est pas de forteresse en pierre ou en bois où l'on soit en sécurité. Mais sachez bien que désormais je ne vous
accorderai plus ni trêve ni paix." À ces mots,
nous nous assaillîmes ; chacun tenait son écu au
bras et se protégeait derrière lui. Le chevalier
avait un cheval vif et une lance roide ; il me dé-
passait d'une tête environ. Je me trouvai donc en
infériorité, car j'étais plus petit que lui et son cheval était meilleur que le mien. Sachez bien que je
vous dis la stricte vérité pour couvrir ma honte.
Je lui assenai le plus grand coup que je pus car je
ne fais jamais semblant de me battre. Je l'attei-
gnis sur la boucle de l'écu. J'avais mis toute ma
puissance dans ce coup de sorte que ma lance
vola en éclats ; la sienne resta intacte, car elle
n'était pas légère mais pesait plus lourd, à mon
avis, que n'importe quelle lance de chevalier :
jamais je n'en vis d'aussi grosse. Le chevalier me
frappa si durement qu'il me fit tomber par terre,
par-dessus la croupe de mon cheval. Il m'aban-
donna à ma honte et à ma confusion, sans me
jeter le moindre regard. Il prit mon cheval mais,

moi, il me laissa et s'en retourna par où il était
venu. Je ne savais plus où aller. Je restai là, en
proie à des pensées inquiètes. Je m'assis un instant près de la fontaine et m'y reposai. Je n'osai
pas suivre le chevalier car je craignais de commettre une folie. Même si j'avais osé le suivre, je
ne savais pas en réalité ce qu'il était devenu. Finalement, je me décidai à respecter ma promesse
envers mon hôte et à retourner chez lui. Aussitôt
dit, aussitôt fait. Je me débarrassai, auparavant,
de toutes mes armes pour marcher plus à mon
aise et je revins chez lui, couvert de honte.

« Quand j'arrivai de nuit à son logis, je trouvai
mon hôte tel qu'en lui-même, aussi gai et aussi
courtois que lors de ma première visite. Ni chez
sa fille ni chez lui, je ne remarquai le moindre
changement : ils m'accueillirent avec autant
d'amabilité et de prévenance que la nuit précédente. Ils m'accordèrent tous de grands égards
et je leur témoignai ma reconnaissance. Ils
avaient entendu dire que jamais personne n'avait
pu s'échapper de l'endroit d'où j'étais revenu ;
tous ceux qui avaient tenté l'aventure étaient
morts là-bas ou y avaient été retenus. Ainsi j'allai, ainsi je revins ! Au retour, je me considérai
moi-même comme fou. Je vous ai raconté ma
folle histoire. Jamais encore je n'avais osé le
faire ! — Par ma tête, fait monseigneur Yvain,
vous êtes mon cousin germain. Nous devons

avoir l'un pour l'autre une grande affection mais vous méritez le titre de fou pour m'avoir caché si longtemps cette histoire. Si je vous traite de fou, ne vous en offusquez pas, car si je le puis, et j'en suis capable, j'irai venger votre honte. — On voit bien que le repas est terminé, s'écrie Keu, incapable de se taire. Il y a plus de paroles dans un plein pot de vin que dans un muid[1] de cervoise et l'on dit bien que chat repu est tout joyeux. Après manger, sans bouger, chacun part tuer Loradin[2] et vous, vous irez même vous venger de Forré[3] ! Votre coussin de selle est-il rembourré, vos chausses de fer sont-elles fourbies et vos bannières déployées ? Allez, dépêchez-vous, au nom du Ciel, monseigneur Yvain ! Partirez-vous ce soir ou demain ? Faites-nous savoir, cher

1. Muid : mesure de capacité pour le grain d'environ 1 872 litres.
2. Pour Loradin, il s'agit vraisemblablement du sultan Nourredin Mahmoud (1146-1173), monarque syrien invincible et adversaire redoutable des chrétiens de la deuxième croisade (auquel succéda Saladin). Le sarcasme un peu facile de Keu est dirigé contre les chevaliers vantards qui, ayant trop bu, se déclarent prêts à partir afin d'abattre cet ennemi des chrétiens. Leur prouesse, toute fictive, serait due uniquement au vin qu'ils ont absorbé. Dans une chanson de geste évoquant un séjour fictif de Charlemagne à Constantinople, l'habitude de débiter des fanfaronnades le soir après le dîner passe pour une coutume spécifiquement française.
3. Forré est un personnage de chanson de geste. Il s'agit d'un roi païen tué par Roland, Olivier ou Charlemagne. « *Vous venger de Forré* » voudrait donc dire « combattre contre un de ces héros chrétiens » et, bien entendu, se ranger du côté des Sarrasins, très déraisonnablement.

seigneur, quand vous irez à ce martyre car nous
voulons vous accompagner. Aucun prévôt et
aucun voyer[1] ne refusera de vous escorter. Aussi,
je vous en prie, quoi qu'il advienne, ne partez
pas sans nous demander votre congé. Et si cette
nuit vous faites un cauchemar, alors restez ici[2] !
— Comment ? Avez-vous perdu la tête, messire
Keu, fait la reine, que votre langue ne s'arrête jamais ? Maudite soit votre langue amère comme
la scammonée[3] ! Assurément, elle vous trahit car
elle débite à chacun les pires insanités qu'elle a
apprises, quoi qu'il arrive. Maudite soit la langue
qui ne renonce jamais à dire du mal ! La vôtre
réussit à vous faire détester partout : elle ne peut
pas mieux vous trahir. Sachez-le, je l'accuserais
de trahison si elle m'appartenait. Celui qu'on ne
peut corriger, on devrait l'attacher dans l'église
comme un fou furieux devant les grilles du
chœur. — Assurément, ma dame, fait monseigneur Yvain, ces insultes me laissent indifférent.
Messire Keu a tant de pouvoir, de savoir et de
valeur que, dans n'importe quelle cour, il ne restera jamais muet ni sourd ! À la méchanceté, il

1. Voyer : agent chargé de la police des chemins.
2. Le cauchemar est considéré au Moyen Âge comme un
mauvais présage. On l'attribue au commerce de l'esprit avec un
démon. Une valeur prémonitoire est accordée aux rêves selon
une vieille conception déjà connue de l'Antiquité mais aussi de la
Bible.
3. Scammonée : plante d'un goût amer utilisée en médecine.

oppose des réponses pleines d'intelligence et de
courtoisie ; jamais il n'a agi autrement. Vous
savez pertinemment si je mens ou non. Mais
trêve de querelles ou de sottises ! Ce n'est pas
celui qui assène le premier coup qui est respon-
sable de la mêlée mais plutôt celui qui réplique.
Celui qui insulte son compagnon irait jusqu'à se
disputer avec un inconnu. Je ne veux pas res-
sembler au mâtin qui se hérisse et grince des
dents quand un autre mâtin lui montre ses
crocs. »

Durant leur conversation, le roi sortit de la
chambre où il était resté un bon moment. Pendant tout ce temps, il s'était assoupi. Dès que
ses hommes le virent, ils se levèrent brusquement mais il les fit tous se rasseoir. Il prit place
à côté de la reine qui lui raconta aussitôt, au
mot près, l'histoire de Calogrenant, parce
qu'elle savait très bien raconter. Le roi écouta
attentivement et jura à trois reprises, sur l'âme
d'Uterpendragon son père, sur celle de son fils
et celle de sa mère, qu'il irait voir la fontaine et
la tempête merveilleuses avant la fin de cette
quinzaine. Il y arrivera la veille de monseigneur
saint Jean Baptiste[1] et y logera pour la nuit.
« Tous ceux qui le souhaitent peuvent venir »,

1. Soit le 23 juin. Le lendemain est célébrée la Nativité de
saint Jean Baptiste. C'est la fête du solstice d'été.

précise-t-il. La cour entière apprécia fort ces
paroles du souverain car beaucoup de barons
et de jeunes gens voulaient se rendre là-bas. En
dépit de la joie et de l'enthousiasme général,
monseigneur Yvain avait l'air sombre, parce
qu'il voulait partir tout seul. Ce voyage projeté
par le roi le gênait et l'ennuyait. Ce qui l'inquiétait surtout, c'était le privilège du premier
combat que Keu obtiendrait sûrement avant
lui. Si Keu le demandait, on n'oserait le lui
refuser ; à moins peut-être que Gauvain en personne ne demandât ce privilège. Si aucun de
ces deux chevaliers ne le réclamait, alors on ne
le lui refuserait pas[1]. Aussi, il ne les attendra
pas ; il leur faussera compagnie. Il ira tout seul,
comme il le souhaite, pour sa joie ou pour sa
peine. Qu'importent ceux qui veulent rester ;
lui, il se rendra à Brocéliande en trois jours tout
au plus et cherchera, s'il le peut, l'étroit sentier
tout buissonneux. Il a trop envie de connaître
la lande et le château fort, l'accueil plaisant de
la courtoise demoiselle, si avenante et si belle,
ainsi que le noble seigneur qui, avec sa fille,

1. Dans la hiérarchie chevaleresque, c'est le sénéchal Keu,
demi-frère d'Arthur, qui tient la première place immédiatement
avant Gauvain, neveu d'Arthur. Yvain doit s'effacer devant eux.
Il faut noter en effet que n'importe quel chevalier d'Arthur ne
peut affronter dans n'importe quelle circonstance un ennemi du
roi. Tout combat est soumis à un rituel de prérogatives chevale-
resques.

honore inlassablement ses hôtes, tant il est de
noble et bonne famille. Il verra ensuite l'essart,
les taureaux et le géant qui les garde. Il lui
tarde de voir le paysan si laid, si grand, hideux,
contrefait et noir comme un forgeron. Il verra
ensuite, peut-être, le perron, la fontaine et le
bassin ainsi que les oiseaux sur le pin. Il provoquera la pluie et le vent. Toutefois, il se garde
de toute vantardise ; il souhaite même une dis-
crétion absolue envers quiconque tant qu'il ne
connaîtra pas une grande honte ou un grand
honneur ; alors seulement, il sera temps de tout
divulguer.

Monseigneur Yvain s'éloigne de la cour sans
aucune compagnie. Il se rend chez lui incognito.
Il y trouve ses gens et commande qu'on selle son
cheval. Il appelle un de ses écuyers à qui il ne
cachait rien : « Hé là ! fait-il. Suis-moi dehors et
apporte-moi mes armes. Je vais sortir à l'instant
par cette porte, sur mon palefroi. Dépêche-toi,
car je m'en vais très loin ! Fais bien ferrer mon
cheval et amène-le-moi vite ! Ensuite tu ramène-
ras mon palefroi. Mais évite — c'est un ordre !
— de donner de mes nouvelles à qui t'interroge-
rait. Si tu ne faisais pas ce que je te dis, cela
pourrait te coûter cher ! — Seigneur, soyez tranquille ! fait-il. Personne ne saura rien de moi.
Partez ! Je vous suivrai là-bas. »

Monseigneur Yvain enfourche immédiatement sa monture ; il vengera, s'il le peut, la honte infligée à son cousin, avant de regagner sa demeure. L'écuyer se précipite aussitôt sur le bon cheval et l'enfourche sans tarder ; il ne manquait pas un fer et pas un clou à cette monture. L'écuyer suivit son maître au grand galop ; soudain, il l'aperçut à pied. Yvain l'attendait depuis peu, à l'écart du chemin, dans un lieu retiré. L'écuyer lui apporta tout son harnais, puis il l'aida à s'équiper. Aussitôt armé, monseigneur Yvain ne s'attarda pas davantage et chevaucha, plusieurs jours durant, par monts et par vaux, à travers d'immenses forêts ainsi que des lieux inconnus et sauvages. Il traversa plus d'un endroit traître, dangereux et encaissé, pour arriver enfin à l'étroit sentier plein de ronces et de ténèbres. Maintenant, il était tranquille : il ne pouvait plus s'égarer. Dût-il le payer cher, il avancera jusqu'à ce qu'il voie le pin ombrageant la fontaine ainsi que le perron et la tourmente qui déchaîne la grêle, la pluie, le tonnerre et le vent. Cette nuit-là, sachez-le, il rencontra l'hôte qu'il désirait car le vavasseur lui manifesta plus de faveurs et d'égards que tout ce qu'on lui avait dit et raconté. Il remarqua dans la jeune fille cent fois plus d'intelligence et de beauté que n'avait dit Calogrenant, car il est impossible d'énumérer toutes les vertus que possède un homme ou une

femme de bien. Dès qu'une personne de ce
genre cultive une grande bonté, la parole ne suffit plus pour l'exprimer, car il est impossible
d'évoquer avec des mots la perfection morale
d'un homme de bien. Monseigneur Yvain pro-
fita cette nuit-là d'un bon logis et cela lui fit
grand plaisir. Le lendemain, il arriva dans les
essarts, vit les taureaux, et le paysan qui lui indi-
qua le chemin. Toutefois, il fit plus de cent fois
le signe de croix devant ce prodige : comment
Nature avait-elle pu produire une œuvre aussi
laide et aussi fruste ? Il se rendit ensuite jusqu'à
la fontaine et vit ce qu'il voulait voir. Sans perdre
de temps, il versa sur le perron l'eau du bassin
plein à ras bord. Aussitôt, il venta, il plut et la
tempête se leva comme prévu. Quand Dieu ra-
mena le beau temps[1], les oiseaux arrivèrent sur le
pin et laissèrent éclater leur merveilleuse joie
au-dessus de la fontaine périlleuse. Ils n'avaient
pas encore fini qu'arriva, dans une flambée de
colère, un chevalier tonitruant comme s'il pourchassait un cerf en rut. Dès qu'ils s'aperçurent, ils
s'élancèrent l'un contre l'autre et se montrèrent
clairement qu'ils se détestaient à mort. Chacun

1. Dans le roman de Chrétien, les forces sauvages de la
nature restent, malgré tout, sous l'autorité du Créateur ; c'est le
signe évident d'une christianisation des vieilles croyances celtiques. Dans celles-ci cependant, la causalité des phénomènes
cosmiques était bien plus mystérieuse.

d'eux possédait une lance roide et solide. Ils se portaient des coups violents à en perforer leurs écus ; leurs hauberts se démaillaient, leurs lances se fendaient et éclataient ; les tronçons volaient en l'air. Ils se battirent alors à l'épée ; chaque coup tranchait un peu plus les courroies de leurs écus. Ceux-ci, hachés par-dessus et par-dessous, laissaient pendre des lambeaux et ne servaient plus à rien. Les écus déchiquetés contraignirent les combattants à éprouver leurs épées étincelantes directement sur les aisselles, la poitrine ou les hanches de leur adversaire. Ils se mirent farouchement à l'épreuve et, solidement plantés comme deux rocs, ils ne reculèrent pas d'un pouce. Jamais deux chevaliers ne dépensèrent autant d'énergie pour hâter leur propre mort. Ils ne craignaient pas de gaspiller leurs coups et en tiraient le profit qu'ils pouvaient. Ils cabossaient et défonçaient leurs heaumes, faisaient voler les mailles de leurs hauberts et leur sang coulait à flots. Leurs coups les avaient tellement échauffés que leurs hauberts étaient devenus pour eux aussi inutiles que le froc d'un moine. Ils se frappaient d'estoc au milieu du visage. Il fallait s'émerveiller de voir s'éterniser une bataille si féroce et si rude. Mais l'un et l'autre avaient le cœur si farouche qu'ils ne cédèrent pas un pouce de terrain, sans avoir au préalable blessé à mort l'adversaire. Ils se comportèrent en vrais preux car ils ne frappèrent ni n'estropièrent jamais les chevaux : ce n'était pas dans leur intention et ils n'auraient même pas daigné le faire. Ils ne quittèrent pas la selle de leur cheval ; pas une seule fois ils ne mirent pied à terre : la bataille n'en fut que plus belle. Finalement, monseigneur Yvain fit éclater le heaume du chevalier. Sous la force du coup, son adversaire fut ébranlé et perdit tous ses moyens. Il prit peur ; jamais il n'avait essuyé un coup aussi atroce. Sous la coiffe, son crâne était fendu jusqu'à la cervelle ; des lambeaux de son cerveau et des taches de sang maculaient les mailles de son éclatant haubert. Il éprouva une si violente douleur que son cœur manqua de défaillir. Il ne lui restait plus qu'à fuir parce qu'il se sentait blessé à mort. Il ne lui servait plus à rien de se défendre. Il s'enfuit aussitôt vers son château, au galop, comme c'était prévisible. Le pont-levis était abaissé à son intention et la porte grande ouverte. Monseigneur Yvain talonna le fuyard, autant qu'il put en piquant des deux. On aurait dit un gerfaut[1] s'élançant sur une grue : parti de loin, il s'approche doucement d'elle, croyant la capturer, mais il est incapable finalement de l'atteindre. De la même façon, le chevalier fuit, Yvain le pourchasse, arrive à sa portée mais finalement ne peut pas l'atteindre.

---

1. Gerfaut : oiseau rapace utilisé pour la chasse.

Il était pourtant parvenu assez près de lui pour l'entendre se plaindre de la douleur qui l'étreignait. Mais le chevalier ne pense qu'à fuir et Yvain s'efforce de l'atteindre. Il craindrait de perdre sa peine s'il ne le prenait pas mort ou vif, car il se souvient encore très bien des insolences de messire Keu. Il n'est pas encore quitte de la promesse qu'il a faite à son cousin. Personne ne le croira s'il n'apporte pas les preuves manifestes de son exploit. À force d'éperonner, le chevalier le mena jusqu'à la porte du château. Ils entrèrent tous les deux et ne trouvèrent ni homme ni femme dans les rues où ils passèrent. Ils arrivèrent tous les deux devant les murs du palais.

La porte, pourtant haute et large, offrait une entrée si étroite que deux hommes ou deux chevaux ne pouvaient pas la franchir en même temps sans dommage. Impossible de s'y croiser également, car on aurait dit un piège qui guette le rat prêt à commettre son larcin : une lame se trouve suspendue en l'air jusqu'à ce que soudain elle jaillisse, frappe et tue, car elle se déclenche et s'abat dès que le moindre toucher effleure le déclic. Sur le seuil se trouvaient deux trébuchets[1] qui retenaient en l'air une porte à coulisses en fer bien émoulu. Si quelqu'un mettait le pied sur ce système, la porte s'abattait et surpre-

---

1. Trébuchet : machine de siège utilisant le contrepoids.

nait en hachant menu celui qui se trouvait en
dessous[1]. Au milieu de l'entrée, le passage était
aussi étroit que sur un simple sentier. Le chevalier s'y était engagé fort adroitement et monseigneur Yvain commit la folie de le suivre, à bride
abattue. Le fuyard était maintenant presque à sa
portée et Yvain le retenait par l'arçon. Heureusement alors, Yvain se pencha en avant sans
quoi il aurait été littéralement pourfendu. Son
cheval avait en effet posé le pied sur le mécanisme qui retenait la porte de fer. Comme un
diable surgi de l'enfer, la porte descendit et
s'abattit brusquement ; elle atteignit la selle
d'Yvain et la croupe du cheval ; elle coupa en
deux ce qu'elle rencontra mais, Dieu merci, elle
ne toucha pas monseigneur Yvain. Elle lui frôla
le dos et lui sectionna les deux éperons au ras

---

1. On a cru trouver l'explication de cette machinerie dans
un texte de Végèce, auteur latin très lu par les architectes du
Moyen Âge. Jean de Meung le traduira vers 1280 sous le titre de
Livre de chevalerie : « On s'efforce en outre d'empêcher que les
portes ne puissent être brûlées par l'ennemi. C'est pourquoi, il
faut les recouvrir de peaux et de fer ; mais un système encore
plus efficace trouvé par les Anciens consiste à ajouter, devant la
porte, un ouvrage défensif à l'entrée duquel on place une herse
suspendue à des anneaux de fer et à des câbles. De cette façon,
si les ennemis entrent dans la place, il est possible, en la laissant
tomber, de les enfermer puis de les mettre à mort » (*De re mili-
tari*, IV, IV). Il faut remarquer toutefois que ce mécanisme bien
réel d'architecture défensive se confond avec le motif légendaire
du « Passage périlleux » fréquent dans la littérature arthurienne.
Chrétien ferait alors se rencontrer le réel et l'imaginaire sur le
même motif.

des talons. Saisi d'une belle frayeur, Yvain s'ef-
fondra ; ainsi lui échappait celui qu'il venait de
blesser à mort. Après cette porte, il y en avait
une autre, tout à fait identique à la précédente.
Le fuyard franchit cette seconde porte qui
retomba derrière lui. Désormais, monseigneur
Yvain se retrouvait prisonnier. Anxieux et stupéfait, il resta enfermé dans la salle au plafond
orné de dorures et aux murs recouverts de
riches et chatoyantes peintures. Toutefois, ce
qui le désespérait le plus, c'était d'ignorer la direction dans laquelle le fuyard était parti. Il entendit s'ouvrir la petite porte d'une chambrette
voisine alors qu'il se trouvait en grand désarroi.
Une demoiselle au corps gracieux et au visage
séduisant entra. Elle referma la porte derrière
elle. En voyant monseigneur Yvain, elle éprouva
d'abord quelque inquiétude : « Assurément,
chevalier, fait-elle, je crains que vous ne soyez
pas le bienvenu par ici ! Si l'on vous capture en
ces lieux, attendez-vous à être taillé en pièces,
car mon seigneur est blessé à mort et je sais bien
que c'est vous le coupable. Ma dame manifeste
un tel deuil et ses gens poussent de tels cris de
désespoir que cette détresse pourrait bien les
amener au suicide. Ils savent parfaitement que
vous êtes ici mais leur immense douleur les
empêche, pour l'instant, de s'occuper de vous.

Ils ont pourtant l'intention de vous tuer ou de vous faire prisonnier. Vous ne leur échapperez pas quand ils auront décidé de s'en prendre à vous. » Monseigneur Yvain lui répondit : « À Dieu ne plaise, jamais ils ne me tueront, car jamais je ne tomberai entre leurs mains ! — Effectivement, fait-elle, car je ferai pour vous tout ce qui est en mon pouvoir ! Le preux ne craint pas plus qu'il ne faut. Je pense que vous êtes un preux car vous n'êtes pas trop effrayé ; aussi, sachez bien, si cela est en mon pouvoir, je me mettrai à votre service. Je vous témoignerai des égards car, jadis, vous avez fait de même envers moi. Un jour, ma dame m'envoya porter un message à la cour du roi. Sans doute n'avais-je pas la prudence, la courtoisie ou le comportement qui sied à une jeune fille, en tout cas aucun chevalier ne m'adressa la parole, excepté vous ! Oui, soyez-en vivement remercié, vous m'avez honorée et rendu service. Je vous offrirai désormais la juste récompense de l'honneur que vous m'avez témoigné alors. Je sais qui vous êtes. Je vous ai parfaitement reconnu : vous êtes le fils du roi Urien et vous vous appelez monseigneur Yvain. Soyez sûr que désormais, si vous vous en remettez à moi, vous ne serez ni capturé ni maltraité. Prenez ma petite bague ! La voici ! Et, s'il vous plaît, rendez-la-moi lorsque je vous aurai délivré ! » Elle lui confia alors sa petite bague et lui dit qu'elle avait exactement la même vertu que l'écorce qui recouvre le bois pour le rendre invisible[1]. Toutefois, il fallait prendre une précaution : en passant l'anneau à son doigt, on devait dissimuler la pierre du chaton dans le poing fermé. Celui qui portait ainsi cette bague devenait invisible pour tout le monde, même pour une personne écarquillant les yeux. Il restait aussi invisible que le bois recouvert de l'écorce qu'il a produite. Cela plut beaucoup à monseigneur Yvain. Après ces explications, la jeune fille le fit asseoir à côté d'elle sur un lit recouvert d'une somptueuse couette : jamais le duc d'Autriche n'en posséda une semblable. Elle lui proposa de lui apporter à manger et il répondit que cela lui serait agréable. La demoiselle courut aussitôt dans sa chambre et revint aussi vite : elle lui apportait un chapon rôti et une large tranche de pain[2] ainsi qu'une nappe, un pichet de vin d'un bon cru et

---

1. Le motif de l'anneau qui rend invisible possède naturellement des résonances folkloriques et mythologiques (on songe à l'anneau de Gygès chez Hérodote) mais Chrétien pense ici peut-être au *Roman de Troie* de Benoît de Sainte-Maure, où Médée donne à Jason un anneau merveilleux qui protège de toutes sortes de dangers et qui confère l'invisibilité. Toutefois, il n'est pas nécessaire de supposer ici un emprunt direct du romancier à la mythologie antique ; les récits celtiques ne sont pas avares de détails merveilleux de ce genre. Dans le *Chevalier de la Charrette*, Lancelot possède un anneau aux effets magiques comparables.
2. Il était d'usage au Moyen Âge de servir la nourriture non pas sur une assiette mais sur une large tranche de pain.

recouvert d'un hanap[1] étincelant. Elle lui offrit
ainsi ces victuailles et Yvain, qui avait très faim,
mangea et but généreusement.

Après son repas, les chevaliers qui le cherchaient se répandirent dans le château. Ils voulaient venger leur seigneur qu'on avait déjà mis
en bière. La jeune fille lui dit alors : « Ami,
vous entendez ? Ils sont à vos trousses ! Quel
bruit ! Quel vacarme ! En dépit des allées et
venues, ne bougez pas d'ici, même si vous
entendez du bruit, car personne ne vous trou-
vera si vous ne quittez pas ce lit. Vous allez voir
cette pièce remplie de gens hostiles et méchants
qui penseront vous y trouver. Ils apporteront
sans doute par ici le corps du défunt pour l'in-
humer. Ils se mettront à vous chercher sous les
bancs et sous le lit. Quel soulagement et quel
délice pour un homme intrépide de voir des
gens qui, eux, n'y voient goutte ! Ils seront tellement illusionnés, confondus et abusés qu'ils
vont tous enrager de colère. Je ne vois plus rien
à vous dire, je n'ose m'attarder. Puissé-je rendre grâce à Dieu de m'avoir donné l'occasion et
le plaisir de vous être agréable, car j'en avais
fort envie ! » Elle se retira et, après son départ,
toute l'engeance armée de bâtons et d'épées fit
irruption dans la pièce, de deux côtés à la fois.

1. Hanap : grand vase à boire.

Cette foule se composait d'individus agressifs et excités. Devant la porte, ils aperçurent la moitié du cheval coupé en deux. Ils eurent alors la certitude qu'en ouvrant la porte ils trouveraient celui qu'ils cherchaient pour le mettre à mort. Ils firent ensuite relever les portes qui avaient causé la mort de bien des gens ; il n'y eut alors pour leur passage ni trébuchet ni piège tendu. Au contraire, ils entrèrent tous comme un seul homme. Ils aperçurent la seconde moitié du cheval mort devant le seuil mais aucun d'eux n'eut les yeux qu'il fallait pour voir monseigneur Yvain qu'ils voulaient tuer de leurs mains. Yvain, quant à lui, les voyait enrager et s'emporter : « Que se passe-t-il ? disaient-ils. Dans cette pièce, il n'y a pourtant aucune porte ni aucune fenêtre par où il aurait pu s'enfuir, à moins d'être un oiseau, un écureuil, un souslic[1], une bête aussi petite ou encore plus minuscule. Les fenêtres sont closes de grilles, et on a fermé les portes lorsque notre seigneur est sorti d'ici. Mort ou vif, celui que nous cherchons est ici. Il ne peut pas être dehors ! Une moitié de sa selle se trouve à l'intérieur, nous le voyons bien, mais il n'y a aucune trace de sa présence, excepté les tronçons d'éperons tombés de ses pieds. Cherchons dans tous les recoins et trêve de bavar-

---

1. Souslic : fourrure provenant d'une marmotte de Sibérie.

dages ! Il est encore ici, sûrement ! Sinon, on
nous a tous ensorcelés ou alors des esprits nous
l'ont ravi. » Échauffés par la colère, ils le cherchaient partout dans la salle, tapant sur les
murs, sur les lits et sur les bancs. Les coups
n'atteignirent pourtant pas le lit où le chevalier
était couché ; il ne reçut pas le moindre choc ;
on ne l'effleura même pas. Néanmoins, ils frappaient tout autour de lui et menaient une bien
belle bataille avec leurs bâtons, comme des
aveugles qui chercheraient quelque chose à tâ-
tons. Pendant qu'ils fouillaient sous le lit et
sous les escabeaux, arriva une des plus belles
dames qu'un mortel puisse contempler. Personne n'évoqua jamais une chrétienne d'une
telle beauté. Elle était toutefois si éperdue de
douleur qu'elle faillit attenter plusieurs fois à
sa vie. Elle criait le plus fort possible puis tombait inanimée. Aussitôt debout, comme une
folle, elle se mettait à se lacérer, à s'arracher les
cheveux et à déchirer ses vêtements. Elle s'éva-
nouissait à chaque pas ; rien ne pouvait la consoler parce qu'elle voyait devant elle, sur un
brancard, son époux qu'on emportait. Jamais,
pensait-elle, elle ne s'en consolerait. C'est pour
cette raison qu'elle criait à haute voix. L'eau
bénite, les croix, les cierges ouvraient le cortège
avec les dames d'un couvent ; ensuite venaient
les Livres saints, les thuriféraires et les clercs

chargés de procurer le bienfait suprême, conso-
lation de l'âme affligée.

Monseigneur Yvain entendit les cris et le désespoir indicible de la dame ; à ce jour, on n'en a
jamais décrit un semblable, dans aucun livre. La
procession passa. Toutefois, au milieu de la
salle, régna soudain une grande agitation autour
du brancard car un sang vermeil encore chaud
se mit à couler des plaies du cadavre. C'était la
preuve manifeste que celui qui s'était battu avec
le mort, celui qui l'avait vaincu et tué, se trouvait encore dans la pièce[1]. Alors, ils cherchèrent
partout et sans relâche ; ils fouillèrent les lieux
et les remuèrent de fond en comble jusqu'à suer
d'angoisse et d'excitation, pour avoir vu ce sang
vermeil coulant goutte à goutte. Cette fois,
monseigneur Yvain reçut une volée de coups à
l'endroit où il se trouvait mais il ne bougea pas
pour autant. Les gens criaient de plus belle en
voyant les plaies se rouvrir. Ils s'étonnaient de
les voir saigner sans trouver la personne qu'elles
accusaient. Chacun se disait : « L'assassin est
parmi nous et nous ne le voyons pas ! Quel prodige diabolique ! » Cela aiguisait encore le désespoir de la dame qui perdait l'esprit et criait

---

1. Ce motif des blessures du mort qui se mettent à saigner en
présence de celui qui l'a tué se retrouve dans d'autres textes littéraires médiévaux tant français qu'étrangers. Il s'agit de la
« cruentation ».

comme une folle : « Ah, Dieu ! Ne trouvera-t-on
pas le criminel, le traître qui a tué mon brave
époux ? Brave ? Oh, non ! C'était le meilleur des
meilleurs. Vrai Dieu, il faudrait t'accuser si tu le
laissais s'échapper. Tu le dissimules à mon regard
et je ne peux en blâmer personne d'autre que toi.
A-t-on jamais vu un abus et un outrage aussi of-
fensants que ceux que tu m'infliges ? Tu m'inter-
dis même de voir celui qui est si près de moi ! Je
peux l'affirmer avec certitude : si je ne le vois pas,
c'est qu'un fantôme ou un démon s'est introduit
parmi nous, j'en suis tout envoûtée ; ou alors,
c'est un couard et il a peur de moi ! Oui, c'est
bien un couard puisqu'il me craint : sa grande
couardise l'empêche de se montrer à moi. Ah !
fantôme, couarde créature, pourquoi tant de
lâcheté envers moi alors que tu manifestais tant
de hardiesse envers mon époux ? Que n'es-tu à
présent en mon pouvoir ? Ta puissance serait
déjà réduite à néant ! Pourquoi ne puis-je te tenir
à présent ? Comment as-tu pu tuer mon époux
sinon par traîtrise ? Jamais tu n'aurais vaincu
mon époux, s'il avait pu te voir ! Dans le monde
entier, il n'avait pas son égal : ni Dieu ni les
hommes ne lui en connaissaient un et, désormais, il est inutile d'en chercher un autre. Certes, si tu avais été un mortel, tu n'aurais pas osé
affronter mon époux car nul ne pouvait le sur-
passer. »

C'est ainsi que la dame luttait contre elle-même ; c'est ainsi qu'elle malmenait et abîmait tout son corps. Ses gens manifestaient avec elle le plus grand deuil du monde ; ils emportèrent le corps du défunt et l'inhumèrent. À force de fouiller partout et de tout remuer, ils étaient épuisés. De guerre lasse, ils abandonnèrent leur quête, incapables de trouver la moindre confirmation de leurs soupçons. Les nonnes et les prêtres avaient déjà terminé l'office funèbre. Après avoir quitté l'église, ils se rendirent sur la sépulture. Mais la chambrière n'avait cure de tout cela ; elle se souvenait de monseigneur Yvain et courut le retrouver : « Cher seigneur, lui dit-elle, une grande horde de gens a foulé ces lieux. Elle a provoqué ici un beau vacarme et a fouillé toutes les cachettes, plus attentivement qu'un brachet[1] sur les traces d'une perdrix ou d'une caille. Vous avez certainement eu peur. — Par ma foi, répondit-il, vous dites vrai. Jamais je n'aurais imaginé une chose pareille. Maintenant, si c'était possible, je voudrais bien voir, là-dehors, par un trou ou par une fenêtre, la procession et le corps. » En vérité, il ne se souciait ni du mort ni de la procession. Il aurait plutôt vu tout ce beau monde brûlé vif, lui en eût-il coûté cent marcs[2].

---

1. Brachet : chien braque utilisé pour la chasse.
2. Marc : unité de poids réservée aux métaux précieux (or et argent), équivalant à 245 grammes environ.

Cent marcs ? Non ! Plus de cent mille marcs ! Sa
demande visait surtout à revoir la dame du château. La demoiselle l'installa près d'une petite
fenêtre. Elle lui rendit, autant qu'elle le put, les
attentions qu'Yvain lui avait prodiguées jadis.
Par cette fenêtre, monseigneur Yvain épiait la
belle dame. Il l'entendait dire : « Cher époux,
que Dieu ait pitié de votre âme ! À mon sens,
on n'a jamais vu sur une monture chevalier de
votre mérite. Nul chevalier, très cher, n'eut jamais
une gloire et une courtoisie comparables aux
vôtres. Largesse était votre amie et Hardiesse
votre compagne. Que votre âme, cher et tendre
époux, rejoigne la communauté des saints ! »
Alors, elle maltraite et lacère sur son corps tout
ce que peuvent toucher ses mains. Au prix d'un
grand effort, monseigneur Yvain se garde, quoi
qu'il arrive, de se précipiter pour la retenir.
Mais la demoiselle, par ses prières, ses conseils
et ses ordres, en appelle à sa noblesse et à sa
naissance, et le prémunit contre une éventuelle
folie de sa part. Elle lui dit : « Vous êtes très
bien ici. Évitez à tout prix de bouger tant que ce
deuil ne sera pas calmé. Laissez partir ces gens-
là ; ils vont bientôt se séparer. Si vous faites ce
que je vous dis, comme je vous le conseille, vous
en retirerez un grand profit. Vous pouvez rester
assis là, en regardant aller et venir les passants.
Personne ne vous verra et ce sera un grand

avantage pour vous. Cependant, évitez de lancer des invectives, car celui qui s'emporte et s'indigne en proférant des injures quand l'occasion s'en présente, je le trouve plus méchant que preux. S'il vous prenait d'imaginer une folie, gardez-vous bien de la commettre ! Le sage dissimule ses folles pensées et, autant que possible, développe son intelligence. Agissez sagement : ne laissez pas votre tête en gage car ils n'accepteraient pas de la céder contre une rançon ! Faites attention à vous et souvenez-vous de mon conseil ! Restez tranquille jusqu'à mon retour ! Je n'ose pas rester ici plus longtemps car je pourrais trop demeurer. On pourrait peut-être me soupçonner si l'on ne me voyait pas avec tout le monde dans la foule, et cela me vaudrait de sévères reproches. »

Elle s'en va donc et Yvain, qui ne savait que faire, reste seul. Ce corps qu'on enterre le tracasse, car il ne peut y soustraire aucune preuve de sa victoire. S'il n'a aucun gage à produire devant une cour de justice, alors on va le honnir pour de bon. Keu est si félon, si pervers, tellement porté aux sarcasmes et à la haine, qu'il ne le laissera jamais tranquille. Au contraire, il le couvrira d'insultes. Il lui lancera moqueries et injures comme l'autre jour. Ces cruelles piques lui sont restées sur le cœur, aussi vives qu'au premier jour. Toutefois, l'Amour nouveau les

apaise de son sucre et de son miel ; en faisant un
tour sur ses terres, elle a amassé tout son butin.
Son ennemie possède son cœur et il aime la personne qui le déteste le plus au monde. La dame
a bien vengé la mort de son époux et pourtant
elle ne le sait pas. Sa vengeance est encore plus
grande qu'elle ne l'aurait imaginée puisque
Amour la venge en attaquant doucement le
meurtrier frappé aux yeux et au cœur. L'effet
de ce coup est plus durable que celui qu'occa-
sionne une lance ou une épée. Un coup d'épée
se guérit et se soigne rapidement dès qu'un
médecin s'en occupe, mais la plaie d'Amour
empire lorsqu'elle se rapproche de son médecin.

C'est précisément celle dont souffre monseigneur Yvain et il n'en guérira jamais, car Amour
s'est entièrement livrée à lui. Amour scrute les
lieux où elle s'était répandue, puis elle les quitte.
Elle ne veut plus d'autre logis et plus d'autre
hôte que lui ; elle prouve ainsi sa valeur en se
retirant des lieux mal famés pour se consacrer
uniquement à lui. Je ne crois pas qu'elle ait
laissé ailleurs une part d'elle-même ; elle fouille
tous ces vieux logis. Quel malheur de voir Amour
se comporter si mal au point d'habiter l'endroit
le plus déplorable qu'elle ait trouvé, comme si
c'était pour elle le meilleur ! Mais maintenant
elle est la bienvenue là où elle est : elle y sera à
son aise et le séjour lui sera agréable. Voilà

comment devrait toujours se comporter ce haut personnage qu'est Amour. Il est surprenant qu'elle ose parfois fréquenter les lieux mal famés. Elle ressemble à celui qui répand son parfum sur la cendre et la poussière, à celui qui déteste l'honneur et aime le blâme, qui détrempe la suie avec du miel et mêle le sucre au fiel. Mais, pour l'heure, Amour n'agit pas de la sorte ; elle s'est installée sur un franc-alleu[1] et nul ne saurait le lui reprocher. Après l'inhumation, tout le monde s'en alla. Aucun clerc, chevalier, serviteur ni dame ne s'attarda, sinon celle qui ne cachait plus sa douleur. Elle restait là toute seule, tentait souvent de s'étrangler, tordait ses poings, battait ses paumes[2] et lisait ses psaumes dans un psautier enluminé de lettres d'or. Monseigneur Yvain la regardait toujours par la fenêtre. Plus il la

1. L'*alleu* ou *franc-alleu* est une terre sans seigneur, un domaine sans titulaire, exempt de tout droit féodal.
2. Pour ce portrait de la veuve éplorée, Chrétien utilise un lieu commun de la littérature de l'Antiquité dont la matrone d'Éphèse du *Satiricon* de Pétrone donne une bonne illustration. Comme l'héroïne de Chrétien, celle de Pétrone a perdu son mari et succombe aux manifestations d'un deuil exacerbé : « Cette dame, ayant perdu son mari, ne se contenta pas, selon la mode vulgaire, de suivre le convoi les cheveux épars, de se découvrir et frapper la poitrine à la vue de tout le monde ; elle accompagna le défunt jusqu'en son dernier gîte ; et, le corps déposé dans l'hypogaeum à la manière grecque, elle s'en fit la gardienne ; elle passa des jours et des nuits dans les larmes. » Un soldat tente de la détourner de son deuil : « À ces consolations qu'elle méconnaît et qui l'outragent, elle se déchire le sein de plus belle et s'arrache des touffes de cheveux qu'elle dépose sur le corps de son époux. »

contemplait, plus il l'aimait et plus elle lui plaisait. Il aurait voulu la voir cesser ses pleurs et sa lecture pour qu'elle vienne lui parler. Amour qui l'avait conquis à la fenêtre lui avait suggéré ce désir, mais ce désir le désespérait, car il ne pouvait pas croire en sa réalisation. « Je peux me considérer comme fou, dit-il, de vouloir ce que je n'aurai jamais. J'ai blessé son mari à mort et je rêve de vivre en paix avec elle ! Par ma foi, je ne m'imagine pas savoir qu'elle me hait maintenant plus que quiconque, et elle a raison. Maintenant, ai-je dit fort sagement, car le cœur d'une femme change des centaines de fois. Ses dispositions du moment auront encore le temps de changer, sans doute. Elles changeront sûrement ! Je suis fou de me désespérer pour cela. Que Dieu lui permette de changer car je dois me soumettre à ma dame pour toujours ! Amour en a décidé ainsi[1]. Refuser d'accueillir Amour quand elle vous attire à elle, c'est commettre une félonie et une trahison. L'entende qui veut, je proclame qu'il ne mérite aucune joie[2] celui qui

---

1. Yvain rappelle ainsi le principe fondamental de la *fine amor* : la dame est souveraine en amour, et son chevalier servant doit se soumettre à toutes ses volontés.
2. Autre allusion à la *fine amor*. La *joie* dont il est question ici renvoie au *joy* des troubadours qu'il est difficile de rendre avec toutes ses nuances en français. En langue d'oc, le *joy* se confond avec l'extase suprême ressentie par l'amant dans la communion affective avec sa dame. Le *joy* représente l'étape ultime de l'amour sublime.

agit de la sorte ! En ce qui me concerne, je ne perdrai jamais la partie ; j'aimerai toujours mon ennemie car je ne dois pas la haïr si je ne veux pas trahir Amour. Je dois aimer ce qu'Amour exige. Et elle, doit-elle m'appeler son ami ? Oh, oui ! parce que je l'aime, et moi, je l'appelle mon ennemie parce qu'elle me hait, à juste titre. N'ai-je pas tué celui qu'elle aimait ? Suis-je alors son ennemi ? Non, bien sûr, je suis son ami ! Ses beaux cheveux me font beaucoup souffrir ; je ne veux rien aimer davantage, tellement leur éclat surpasse celui de l'or fin. Les voir arrachés et rompus de la sorte me saisit et excite mon émotion. Ils ne peuvent même pas étancher les larmes qui coulent de ses yeux. Tout cela m'afflige. Des yeux pareils, pleins de larmes et d'une beauté si parfaite, il n'y en a jamais eu ! Ses pleurs me désolent et rien ne me désespère plus que ce visage qu'elle mutile alors qu'il ne méritait pas cela. Je n'ai jamais vu un visage aussi bien formé, avec un teint aussi frais et incarnat. La voir s'étrangler de la sorte me bouleverse profondément. Assurément, elle ne fait pas semblant ; elle s'impose les pires souffrances, et pourtant aucun cristal, aucun miroir n'est aussi limpide et luisant. Dieu ! Pourquoi une telle folie ? Pourquoi ne met-elle pas moins d'énergie à se blesser ? Pourquoi tord-elle ses belles mains ? Pourquoi frappe-t-elle et écorche-t-elle son sein ? Quelle merveille ce serait de la contempler dans l'éclat du bonheur alors qu'elle est à présent si ravissante dans sa fureur ! Oui, vraiment, je peux le jurer : jamais Nature n'a pu encore atteindre la beauté absolue ; pourtant, elle s'est ici surpassée, à moins qu'elle n'y ait peut-être jamais travaillé ! Comment alors expliquer ce miracle ? D'où viendrait une si bouleversante beauté ? C'est Dieu qui la créa de ses propres mains pour stupéfier Nature[1]. Elle pourrait passer tout le temps qu'elle voudrait à imiter ce modèle, elle n'y parviendrait jamais. Et Dieu lui-même, s'il se remettait à l'ouvrage, ne pourrait, je crois, reproduire un tel miracle, quels que soient ses efforts. »

Tels étaient les propos de monseigneur Yvain sur celle qui se déchirait de douleur. Il n'est encore jamais arrivé, à ma connaissance, qu'un prisonnier dans la situation d'Yvain, craignant de perdre la vie, se mît à aimer de la sorte, sans même implorer l'objet de ses vœux et sans l'imploration de quelqu'un d'autre en sa faveur.

Il resta à la fenêtre jusqu'au départ de la dame et jusqu'à la fermeture des deux portes coulissantes. Un autre se serait affligé de cette fermeture, préférant être délivré plutôt que de rester

---

1. Dans un effet de syncrétisme, la déesse païenne Nature est censée faire l'œuvre de Dieu en réalisant les projets de création divins.

enfermé, mais lui appréciait autant qu'on les
ferme ou qu'on les ouvre. Il ne serait certainement pas parti si on les lui avait ouvertes ou si
la dame lui avait donné congé et si elle lui avait
pardonné généreusement la mort de son mari
pour le laisser partir tranquille. En fait, Amour
et Honte le retiennent et se présentent à lui de
part et d'autre[1]. Quelle honte l'attend, s'il s'en
va ! Jamais on ne croira en son exploit ! De
l'autre côté, il désire tant voir la belle dame, à
tout le moins et à défaut de mieux, qu'il se
moque de la prison : il préfère mourir plutôt que
de s'en aller. Mais la demoiselle revient. Elle
veut lui tenir compagnie, l'amuser, le divertir, lui
procurer et lui apporter tout ce qu'il souhaite.
Elle le trouve pensif et songeur, à cause de
l'amour qui s'est insinué en lui. « Monseigneur
Yvain, lui dit-elle, comment allez-vous depuis
que je vous ai quitté ? — Je suis comblé ! répondit-il. — Comblé ? Dieu, est-ce vrai ? Comment
peut-on être comblé quand on se sait recherché
et condamné à mort ? Il faut pour cela aimer et
désirer la mort. — Vraiment, ma douce amie, je
n'ai pas envie de mourir. Ce que j'ai vu m'a
rendu fort aise. Dieu en est témoin, cela me plaît
encore et cela me plaira toujours. — Finissons-

1. Ces deux personnifications (Amour et Honte) rappellent le
débat d'Amour et de Raison qui tourmente Lancelot avant qu'il
ne monte dans la charrette infâme.

en sur ce sujet », répondit celle qui avait fort
bien compris le sens de ces paroles. « Je ne suis
pas assez simplette ni sotte pour ne pas
entendre à demi-mot. Suivez-moi plutôt car je
vais m'employer à vous délivrer de cette prison !
Je vous mettrai en sécurité, si vous le voulez
bien, ce soir ou demain. Venez donc ! Je vous
emmène. — Soyez-en sûre, répondit-il, je ne
quitterai pas ces lieux de sitôt, comme un bandit
ou à la dérobée ! Quand tout le monde sera ras-
semblé dehors, dans les rues, ma sortie sera alors
plus honorable qu'une sortie nocturne. » Puis il
la suivit dans la chambrette. La malicieuse demoiselle se mit entièrement à son service et lui offrit
tout ce dont il avait envie. Au moment opportun, elle se remémora les paroles d'Yvain ; il
avait, disait-il, ressenti un vif plaisir à voir les
gens le chercher dans toute la salle pour le tuer.

La demoiselle, très bien vue de sa dame, ne
craignait nullement de lui révéler quoi que ce
fût, même si le sujet était d'importance, car elle
était sa gouvernante et sa confidente. Pourquoi
donc aurait-elle craint de réconforter sa dame et
de veiller sur ses intérêts ? La première fois, elle
lui dit à part : « Ma dame, je m'étonne fort de
vous voir agir de manière aussi insensée. Pensez-vous retrouver votre époux en vous lamen-
tant ainsi ? — Non, répondit-elle, mais si cela
était en mon pouvoir, je serais déjà morte de

douleur. — Pourquoi ? — Pour le suivre ! — Le
suivre ? Dieu vous en garde ! Puisse-t-il au
contraire vous trouver à la place un aussi bon
époux ! Il en a le pouvoir ! — Quel mensonge à
nul autre pareil ! Un aussi bon époux n'existe
pas ! — Il vous en donnera un meilleur, si vous
l'acceptez ! Je peux vous le prouver ! — Va-t'en !
Tais-toi ! Jamais je n'en trouverai un meilleur ! —
Si fait, ma dame, si vous y consentez. Mais, sans
vouloir vous fâcher, je voudrais bien savoir qui
va défendre vos terres quand le roi Arthur arrivera la semaine prochaine près du perron et de
la fontaine. N'avez-vous pas été avertie par la
Demoiselle Sauvage[1] qui vous a envoyé une lettre
à ce sujet ? Ah ! comme elle a bien fait ! Vous
devriez dès maintenant prendre des dispositions
pour défendre votre fontaine, et vous n'arrêtez
pas de pleurer ! Il n'y a pourtant pas un moment
à perdre, ma dame bien-aimée, si toutefois vous
vous décidez. Tous les chevaliers que vous avez
ne valent pas un clou. Même celui qui se croit le

---

1. Le personnage n'a pas été mentionné auparavant. Est-ce
un oubli du narrateur ou un souci de ne pas s'attarder sur une
simple utilité du récit ? On peut aussi imaginer que cette figure
fugitive au nom étrange pouvait tenir un rôle bien plus important
dans le conte folklorique utilisé par Chrétien. Cette femme « sauvage » qui hante la forêt se trouve en assez bonne compagnie
avec la fée de la fontaine et sa suivante. Elle forme avec elles une
triade féminine (et féerique) fort significative. On songera aux
trois Parques antiques et à la triade de fées celtiques du *Jeu de la
Feuillée* d'Adam de la Halle.

plus valeureux sera incapable de prendre une lance ou un écu. Des couards, vous en avez à foison ! Mais aucun ne sera assez téméraire pour oser monter sur un cheval. Le roi arrive avec une si grande armée qu'il fera main basse sur tout sans rencontrer la moindre résistance. » En son for intérieur, la dame comprend parfaitement que sa demoiselle lui donne des conseils sincères. Mais elle abrite en elle une folie qu'elle partage avec les autres femmes : tout en reconnaissant leur fol aveuglement, elles refusent d'accéder à leur propre désir.

« Va-t'en ! fait-elle. Laisse-moi tranquille. Si je t'entends encore parler de cela et si tu ne t'enfuis pas, malheur à toi. Tes propos en viennent à me tourmenter. — À la bonne heure, ma dame, s'écrie-t-elle. On voit enfin que vous êtes une femme, car une femme se fâche lorsqu'elle entend quelqu'un lui donner un bon conseil. »

Ensuite, elle partit et la quitta. La dame s'avisa qu'elle avait eu grand tort. Elle aurait bien voulu savoir comment sa demoiselle était en mesure de prouver qu'il existait un meilleur chevalier que son mari. Elle aurait aimé l'entendre de sa bouche mais elle lui avait interdit de parler. Pensive, elle attendit le retour de la demoiselle qui brava ses interdictions et lui dit aussitôt : « Ah, ma dame ! Est-il donc pensable que vous vous suicidiez de douleur ? Pour Dieu,

renoncez-y ! Abandonnez cette idée au moins par
dignité. Un si long deuil ne convient pas à une
dame de votre rang. Souvenez-vous de votre
rang et de votre grande noblesse ! Pensez-vous
que toute prouesse est morte avec votre époux ?
Il reste bien une centaine d'hommes aussi bons
ou meilleurs que lui dans le monde. — Si tu
ne mens pas, que Dieu me confonde ! Alors,
nomme-m'en un qui ait manifesté une prouesse
comparable à celle de mon époux durant toute
sa vie ! — Vous ne manqueriez pas de m'en
tenir rigueur. Vous vous mettriez à nouveau en
colère et me mépriseriez une nouvelle fois ! —
Je n'en ferai rien, c'est promis ! — Que cela vous
porte chance à l'avenir, si vous avez le désir
d'être heureuse à nouveau. Puisse le Ciel vous
l'accorder ! Je ne vois aucun motif de me taire
puisque personne ne nous entend ni ne nous
écoute. Vous allez me prendre pour une folle
mais, à mon avis, je peux vous dire ceci : quand
deux chevaliers se sont affrontés en combat singulier, lequel selon vous est le plus valeureux,
après la victoire de l'un sur l'autre ? En ce qui
me concerne, je donne le prix au vainqueur. Et
vous ? — Il m'est avis que tu me tends un piège
et que tu veux me prendre au mot. — Par ma
foi, vous comprenez parfaitement que j'ai raison. Je peux même vous prouver de manière
irréfutable que celui qui a vaincu votre époux

lui était supérieur. Il l'a vaincu et poursuivi har-
diment jusqu'ici. Il l'a même enfermé dans sa
propre maison. — Je viens d'entendre la plus
grande ineptie jamais proférée. Va-t'en, tu es
possédée ! Va-t'en, espèce de folle, fille écœu-
rante ! Ne reviens plus jamais devant moi pour
me tenir sur lui de pareils propos ! — Certes,
ma dame, je savais bien que vous m'en voudriez
de parler ainsi et je vous avais prévenue. Pourtant, vous m'aviez promis de ne pas vous fâcher
et de ne pas m'en tenir rigueur. Vous n'avez pas
tenu parole. Il est arrivé ce que j'avais prévu.
Vous m'avez dit ce qu'il vous a plu et j'ai perdu
une bonne occasion de me taire. »

Elle regagna la chambre où séjournait monseigneur Yvain et elle veilla à lui procurer tout le
confort qu'il attendait. Mais le plaisir du chevalier laissait à désirer puisqu'il ne pouvait pas voir
la dame. Quant au truchement de la demoiselle,
il ne le soupçonnait même pas et n'en savait rien.
Toute la nuit, la dame vécut dans une grande
tension car elle cherchait le moyen de défendre
sa fontaine. Elle commençait à regretter d'avoir
blâmé, insulté et méprisé sa servante, parce
qu'elle savait parfaitement que ni l'intérêt, ni le
devoir, ni l'amitié ne l'avaient poussée à lui parler du chevalier. La demoiselle éprouvait une
plus grande affection pour sa dame que pour cet
homme, et elle ne lui donnerait pas de conseils

honteux ou écœurants ; son amitié pour elle était trop loyale. Et voici que le cœur de la dame se met déjà à changer. Pour l'avoir insultée, elle n'aurait jamais pensé devoir lui rendre toute son affection. De plus, sa demoiselle avait innocenté logiquement et légitimement celui qu'elle avait refusé. Il n'avait commis aucun tort envers elle. Elle raisonnait tout comme s'il se trouvait devant elle et commençait une plaidoirie : « Cherches-tu à nier que mon époux est mort par ta faute ? — Non, je ne peux en disconvenir. Je vous l'accorde. — Dis-moi alors pourquoi tu l'as tué ? Est-ce pour me faire du mal, parce que tu me hais ou par dépit ? — Que je succombe sur-le-champ si telle était mon intention ! — Tu n'as donc aucun mépris envers moi, et envers lui tu n'as eu aucun tort. En fait, s'il l'avait pu, il t'aurait tué. Aussi, il me semble que j'ai bien jugé selon les règles du droit. » C'est ainsi que sa logique et son bon sens lui prouvaient à elle-même qu'elle ne devait pas le haïr. Ses paroles s'accordaient au désir de son cœur. Elle s'enflammait d'elle-même comme le feu qui fume tant et si bien que la flamme a jailli, sans aucun souffle pour l'attiser. Si la demoiselle revenait à présent, elle gagnerait assurément la cause qu'elle a tant plaidée et qui lui a valu bien des insultes. Elle revint le matin et reprit son antienne là où elle l'avait laissée. La dame gar-

dait la tête baissée et se sentait coupable de
l'avoir insultée. Mais elle avait bien l'intention de
s'amender, de s'enquérir du nom, de la condition
et du lignage du chevalier. Fort avisée, elle dit
humblement : « Je vous demande pardon pour
l'outrage et l'insulte que j'ai follement proférés à
votre encontre. Je resterai à votre école. Dites-
moi plutôt ce que vous savez du chevalier dont
vous m'avez entretenu si longuement. Quel
genre d'homme est-ce ? De quelle famille est-il ?
S'il est d'un rang égal au mien et si rien ne s'y
oppose de son côté, je le ferai seigneur de mes
terres et de ma personne[1], je vous assure[2]. Mais
il faudra agir de telle manière qu'on ne puisse
jaser et dire à mon sujet : "C'est celle qui a
épousé le meurtrier de son mari !" — Au nom
de Dieu, ma dame, il en sera ainsi. Vous aurez
l'époux le plus noble, le plus aimable et le plus
beau jamais sorti du lignage d'Abel. — Comment s'appelle-t-il ? — Monseigneur Yvain. —
Par ma foi, ce n'est pas un rustre. C'est même
un noble, je le sais bien, c'est le fils du roi

1. La formule illustre admirablement le principe de la « souveraineté féminine » bien connu du monde celtique. L'union
avec la fée confère à l'époux une souveraineté légitime sur le
domaine de sa femme. Ainsi, la souveraineté n'existe qu'à travers ce mariage avec la fée qui scelle et garantit le pouvoir du
mari.
2. Dans le *Roman de Thèbes*, texte certainement connu de
Chrétien, Jocaste, à la demande de ses barons, accepte d'épouser
l'homme qui porte la responsabilité de la mort de son mari.

... — Ma dame, vous dites vrai ! — Quand
pourrons-nous l'avoir ? — D'ici cinq jours. —
C'est trop long car, si cela ne dépendait que de
moi, il serait déjà là. Qu'il vienne ce soir ou demain au plus tard ! — Ma dame, je ne crois pas
qu'un oiseau pourrait franchir à tire-d'aile une
telle distance en un jour, mais je lui enverrai
mon valet le plus véloce. Il arrivera demain soir
à la cour du roi Arthur, si tout va bien. Il sera
impossible de le joindre avant. — Ce délai est
bien trop long ! Les journées sont interminables.
Dites-lui d'être de retour ici demain soir et
d'aller plus vite que d'habitude car, s'il le veut,
de deux journées il n'en fera qu'une seule. La
lune luira ce soir ; que la nuit devienne pour
lui un autre jour et, en échange, je lui donnerai
tout ce qu'il voudra. — Déchargez-vous sur moi
de cette affaire. Vous l'aurez auprès de vous
dans trois jours tout au plus. Pendant ce temps,
vous convoquerez vos sujets et vous leur de-
manderez conseil au sujet de la venue du roi.
Pour maintenir la coutume, il vous faudra prendre des conseils avisés afin de défendre votre
fontaine. Comme personne ne sera assez téméraire pour oser réclamer cette mission, vous
pourrez déclarer en toute légitimité que votre
remariage s'impose. Un chevalier de grande renommée demande votre main mais vous n'osez
accéder à sa demande tant qu'ils ne vous y auront

pas autorisée. Je m'en porte garante : tels que je
les connais, ils sont si vicieux que, pour se dé-
charger sur autrui du poids de leurs propres res-
ponsabilités, ils viendront tous se jeter à vos
pieds et se confondre en remerciements pour
avoir été délivrés d'une immense terreur. Celui
qui a peur de son ombre cherche autant qu'il
peut à esquiver un combat à la lance ou au jave-
lot, car ce ne sont pas des jeux dignes d'un
couard ! » La dame lui répond : « Par ma foi,
qu'il en soit ainsi ! J'y consens ! J'avais moi-
même déjà envisagé un plan semblable : nous
l'exécuterons donc jusqu'au bout. Pourquoi
vous attardez-vous ici ? Allez, dépêchez-vous !
Faites ce que vous pouvez pour me l'amener. Je
vais convoquer mes sujets. »

Ici s'achève l'entretien. La demoiselle fait
semblant d'aller chercher monseigneur Yvain
sur ses terres. Elle lui fait prendre un bain tous
les jours, lui fait laver et lisser les cheveux. Elle
lui prépare une robe d'écarlate fourrée de vair
sur laquelle on devine encore des traces de
craie[1]. Elle lui fournit tout ce qui est nécessaire
pour la parure : au cou, un fermail d'or travaillé
de pierres précieuses, signe d'une parfaite élégance, une ceinturette et une aumônière taillée

---

1. Cette robe toute neuve porte encore les traces de la craie
dont on s'est servi dans sa fabrication.

dans un riche brocart. Elle le pourvoit de tous
les raffinements de l'élégance. Elle annonce
ensuite à sa dame que son messager est rentré
et qu'il a très habilement rempli sa mission.
« Comment ? fait-elle. Quand monseigneur Yvain
arrivera-t-il ? — Il est ici ! — Ici ? Qu'il vienne
donc vite me voir, discrètement, secrètement,
pendant que je suis seule. Évitez que quiconque
se joigne à nous car je détesterai l'intrus ! » La
demoiselle quitte sa dame et va retrouver son
hôte. Toutefois, elle dissimule sur son visage la
joie qui remplit son cœur. Elle fait croire à
Yvain que sa dame savait qu'elle lui avait donné
asile, et elle poursuit : « Monseigneur Yvain,
par Dieu, il n'est plus nécessaire de cacher quoi
que ce soit. Votre situation en est au point que
ma dame n'ignore pas votre présence ici. Elle
m'a blâmée et détestée pour cela ; elle m'a présenté de vifs reproches. Pourtant, elle m'a aussi
donné la garantie que je peux vous conduire devant elle : vous n'avez rien à craindre. Elle ne
vous fera aucun mal, je pense, à condition toutefois que je ne mente plus à votre sujet, car ce
serait la trahir. Elle veut vous avoir dans sa prison. Elle veut toute votre personne, y compris
votre cœur. — Vraiment, cela me plaît fort et
cela m'est égal, car je veux être son prisonnier. — Vous le serez ! Je le jure sur votre main
droite que je tiens dans la mienne. Venez donc,

mais, croyez-moi, devant elle tâchez de rester simple afin qu'elle ne vous rende pas la prison trop pénible. Ne vous tracassez pas pour cela ! Je ne crois pas que votre détention sera par trop insupportable. » Alors la demoiselle l'emmena. Elle l'effraya, puis le rassura et lui parla à demi-mot de la prison où il serait enfermé. Tout ami se doit d'être prisonnier, et c'est pourquoi elle l'appelle à bon droit prisonnier car, sans prison, il est impossible à quiconque d'aimer.

La demoiselle emmena monseigneur Yvain vers son futur bonheur. Il craignait pourtant d'être mal accueilli et cette crainte n'avait rien d'étonnant ! Ils trouvèrent la dame assise sur une large couette vermeille. Je vous garantis que monseigneur Yvain avait grand-peur en entrant dans la chambre ; devant eux, la dame ne lui disait mot. Cette peur le rendit muet ; il croyait en effet à une trahison. Il se tint à l'écart tandis que la demoiselle prit la parole : « Cinq cents fois maudite soit l'âme de celle qui mène dans la chambre d'une belle dame un chevalier qui n'ose même pas s'approcher d'elle et qui n'a ni langue ni bouche ni esprit pour lier conversation. » Elle ajoute, tout en le tirant par la manche : « Eh bien, approchez-vous, chevalier ! N'ayez pas peur que ma dame vous morde. Demandez-lui plutôt paix et concorde ! Je vais l'implorer avec vous de vous pardonner la mort d'Esclados on époux. » Monseigneur Yvain joint ....ns, s'agenouille et, en véritable ami, déclare : « Ma dame, je n'implorerai pas votre pitié mais je vous remercierai plutôt de tout ce que vous voudrez me faire subir, car rien de vous ne saurait me déplaire. — Vraiment rien, sire ? Et si je vous tuais ? — Ma dame, je vous en remercierais et vous ne m'entendrez pas tenir d'autres propos. — Je n'ai jamais entendu un tel langage. Vous vous mettez à mon entière disposition sans que je vous contraigne en quoi que ce soit ! — Sans mentir, ma dame, nulle force n'est aussi puissante que celle qui m'ordonne de consentir en tout à votre volonté. Je ne crains nullement d'obéir à votre bon plaisir, quel qu'il soit, et, s'il était en mon pouvoir de réparer le meurtre dont je suis coupable envers vous, je le ferais sans discuter. — Comment ? fait-elle. Eh bien, vous serez quitte de la réparation si vous parvenez à me convaincre que vous ne m'avez causé aucun tort en tuant mon époux ! — Ma dame, fait-il, pardonnez-moi ! Quand votre époux m'a attaqué, quel tort ai-je eu de me défendre ? Un homme veut tuer ou capturer son adversaire, si l'autre se défend et le tue, dites-moi si ce dernier a le moindre tort ? — Nullement, du point de vue du droit, et je crois bien qu'il ne me servirait à rien de vous avoir fait exécuter. Mais j'aimerais bien savoir d'où

vient la force qui vous contraint de vous soumettre à ma volonté, sans restriction. Je vous
tiens quitte de tous vos torts et méfaits, mais
asseyez-vous et contez-moi comment vous êtes
dompté à présent. — Ma dame, cette force
vient de mon cœur qui s'attache à vous. C'est
mon cœur qui m'a mis dans cette disposition. — Et votre cœur, qui l'a soumis, cher et
tendre ami ? — Dame, ce sont mes yeux ! — Et
les yeux, qui ? — La grande beauté que je vis en
vous. — Et la beauté, quel fut son crime ? —
Ma dame, celui de me faire aimer. — Aimer, et
qui ? — Vous, dame très chère ! — Moi ? —
Oui, vraiment ! — De quelle manière ? —
D'une manière qu'il ne peut exister de plus
grand amour, telle que mon cœur ne vous quitte
pas et que jamais je ne l'imagine ailleurs, telle
qu'ailleurs je ne puis mettre mes pensées, telle
qu'à vous je m'abandonne sans réserve, telle
que je vous aime bien plus que moi-même, telle
qu'à votre gré, si c'est votre désir, pour vous je
veux mourir ou vivre. — Et oseriez-vous entre-
prendre de défendre la fontaine pour moi ? —
Oui, assurément, ma dame, contre n'importe
qui. — Alors sachez que la paix est conclue
entre nous ! »

Les voilà rapidement réconciliés. La dame qui
avait déjà réuni officiellement tous ses barons dit
alors : « Rejoignons la salle où se trouvent tous

ceux qui m'ont invitée et autorisée à prendre un mari, par la force des choses. Effectivement, la nécessité m'impose de le faire. Ici même je me donne à vous, car je ne dois pas refuser pour époux un bon chevalier et un fils de roi. »

La demoiselle avait exécuté à la lettre tous ses projets. Monseigneur Yvain n'en était guère fâché, je puis vous l'assurer. La dame l'emmena dans la salle comble de chevaliers et de soldats. Par sa noblesse, monseigneur Yvain attirait les regards émerveillés de tout le monde. Tous se levèrent à leur arrivée, tous le saluaient et s'inclinaient devant lui. Ils avaient tout deviné : « Voici le futur époux de notre dame ! Maudit soit celui qui s'opposera au mariage car il a l'air d'un admirable chevalier. Vraiment, l'impératrice de Rome trouverait en lui un époux digne d'elle[1]. Pourquoi ne lui a-t-il pas déjà juré fidélité et notre dame de même, la main dans la main ? Il pourrait l'épouser aujourd'hui ou demain ! » C'est ce qu'ils se disaient tous en chœur. Au fond de la salle, il y avait un banc où la dame prit place pour que tout le monde la voie. Monseigneur Yvain fit mine de s'asseoir à ses pieds mais elle lui demanda de se relever. Elle pria ensuite son

---

1. Formule assez répandue dans la littérature courtoise tant lyrique que romanesque. On se rappelle aussi la lettre où Héloïse déclare à Abélard qu'elle préfère être sa concubine (*meretrix*) plutôt que l'épouse de « l'empereur de Rome ».

sénéchal de parler à sa place afin que tout le monde entendît ses paroles. Le sénéchal, qui n'avait rien d'un demeuré, s'exprima en ces termes : « Seigneurs, la guerre nous menace. Quotidiennement, le roi s'équipe, autant qu'il le peut, pour dévaster nos terres. Avant quinze jours, tout ne sera plus que ruines si nous ne trouvons pas un vaillant défenseur. Lorsque ma dame s'est mariée, il n'y a pas encore tout à fait sept ans, elle a suivi vos conseils. Son mari est mort et elle se trouve désormais dans une situation pénible. Il ne reste plus qu'une toise de terre au propriétaire de ce domaine jadis immense et bien gouverné. Quelle misère qu'il ait si peu vécu ! Une femme n'est pas faite pour porter l'écu ni manier la lance. En revanche, elle peut pallier ce manque et même le surmonter en prenant un vaillant époux. Jamais encore ce besoin n'a été plus pressant pour elle. Conseillez-lui tous de se remarier, sans quoi la coutume qui règne sur ce château depuis soixante ans risque de disparaître ! » À ces mots, ils expriment tous en chœur leur approbation. Tous viennent se jeter à ses pieds ; ils la pressent de satisfaire son propre désir. Elle se fait prier tant et si bien qu'elle finit par leur accorder ce qu'elle aurait fait de toute manière de son propre chef, s'ils le lui avaient interdit. « Seigneurs, dit-elle, puisque vous m'y invitez, je vous annonce que ce chevalier à mes côtés m'a implorée et a recherché mes faveurs. Il veut se mettre à mon service et je lui en sais gré. Remerciez-le vous aussi ! Certes, je ne le connaissais pas jusqu'à présent mais j'ai beaucoup entendu parler de lui. C'est un haut personnage, sachez-le, le propre fils du roi Urien. En plus de sa haute naissance, sa vaillance est grande, tout comme sa courtoisie et sa sagesse. On ne doit donc pas me détourner de lui. Vous avez entendu parler, je pense, de monseigneur Yvain. C'est justement lui qui demande ma main. Le jour de mon mariage, j'aurai un époux d'un rang plus élevé que le mien. » Tout le monde lui répondit : « Si vous agissez sagement, il ne faut pas que la journée se termine sans la conclusion du mariage. Bien fou celui qui retarde d'une seule heure la satisfaction de ses intérêts ! » Ils insistent tant qu'elle finit par leur accorder ce qu'elle aurait fait de toute manière. C'est Amour qui lui ordonne d'exécuter ce dont elle requiert l'approbation. Mais ce mariage promet d'être plus prestigieux encore puisqu'elle a obtenu l'agrément de ses sujets. Les prières instantes ne l'importunent nullement ; au contraire, elles l'encouragent et l'engagent à suivre le penchant de son cœur. Un cheval vif va encore plus vite quand on l'éperonne. Devant tous ses barons, la dame se donne à monseigneur Yvain. De la main d'un chapelain, Yvain reçoit Laudine, la dame de Landuc, pour

épouse[1]. C'était la fille du duc Laududet sur laquelle un lai a été composé[2]. Le jour même, sans
autre délai, il l'épousa et on célébra leurs noces.
On compta beaucoup de mitres et de crosses car
la dame avait invité les évêques et les abbés.

Il y eut beaucoup de nobles mais aussi beaucoup de joie et d'allégresse, plus que je ne saurais
vous le conter, même en y passant beaucoup de
temps. Je préfère me taire plutôt que d'en dire
davantage. Désormais, monseigneur Yvain était
maître des lieux et le mort était bien oublié. Le
meurtrier était marié avec la femme du mort ; ils
couchaient ensemble et les gens avaient plus d'estime pour le vivant que pour le défunt. Ils le ser-
virent au mieux pendant ces noces qui durèrent
jusqu'à la veille de l'arrivée d'Arthur à la fontaine
et au perron merveilleux. Le roi avait amené ses
compagnons. Tous les chevaliers de sa maison
participèrent à cette chevauchée ; pas un n'était
resté à l'écart. Messire Keu dit alors : « Par

1. Le nom de la fée (*Laudune* ou *Laudine*) est à rapprocher
de l'adjectif latin *Laudunensis* qui dérive lui-même du nom celtique de Lug à côté de formes composées telles que *Lug-dunum*
(nom gallo-romain des villes de Laon, Lyon, Londres, etc.). La
fée de la fontaine serait donc une créature solaire associée par le
nom et par le sang au dieu « solaire » qu'est Lug. Laudine se rattache à l'archétype de la fée celtique lié à des cultes hiéro-
gamiques.
2. Ce lai (ou conte), si ce n'est pas une invention de Chrétien,
n'a pas été conservé. La mention est pourtant intéressante, car
elle place le lai au départ de la création romanesque et signale
des sources orales qui ont dû inspirer Chrétien.

Dieu, qu'est donc devenu monseigneur Yvain ?
Il n'est pas revenu auprès de nous alors qu'il
s'était vanté, après le repas, de venger son cousin.
Visiblement, le vin avait fait son effet ! Il s'est
enfui, je le devine, parce qu'il avait honte de revenir. Quel orgueilleux et quel vantard ! Bien téméraire qui ose se targuer de ce que les autres ne
lui reconnaissent pas et qui n'a d'autres preuves
de sa réputation que des louanges usurpées.

« Quelle différence entre le lâche et le preux !
Le lâche, au coin du feu, ne tarit pas d'éloges sur
lui-même et traite les autres de demeurés s'ils ne
reconnaissent pas sa valeur. Le preux, quant à
lui, souffrirait beaucoup d'entendre ses prouesses
célébrées par autrui. Pourtant, je ne désapprouve
pas le lâche ; il n'a pas tort en effet de se vanter
et de s'adresser des éloges, car personne n'est
disposé à mentir pour lui. S'il ne dit pas du bien
de lui, qui en dira ? Les hérauts ne disent rien
sur les lâches ; ils ne célèbrent que les preux et
renvoient les autres aux oubliettes. » Ainsi parla
messire Keu, et Gauvain lui répondit : « Merci,
messire Keu, merci ! Si monseigneur Yvain n'est
pas ici, vous ignorez ce qui a bien pu lui arriver.
Il ne s'est jamais abaissé à dire du mal de vous.
Au contraire, il a toujours manifesté beaucoup
de courtoisie à votre égard. — Messire, fait-il, je
me tais. Vous ne m'entendrez plus parler désormais puisque je vous importune. » Pour voir la

pluie, le roi versa sur le perron, en dessous du
pin, toute l'eau du bassin rempli à ras bord. Aussitôt, il plut abondamment. Ensuite, les événe-
ments se précipitèrent. Monseigneur Yvain, sans
tarder, pénétra en armes dans la forêt et arriva
au galop sur un grand cheval, impressionnant,
vigoureux, farouche et véloce. Messire Keu avait
l'intention de réclamer le premier combat car,
quelle qu'en fût l'issue, il voulait toujours com-
mencer les tournois et les joutes où les passions
se déchaînaient. Avant tout le monde, il se
prosterna aux pieds du roi pour obtenir cette
faveur. « Keu, fait le roi, puisque tel est votre
désir et puisque vous l'avez réclamée avant tout
le monde, cette faveur ne doit pas vous être refusée. » Keu le remercie et enfourche sa monture.

Si monseigneur Yvain peut à présent l'humilier un tant soit peu, il en sera ravi et le fera volontiers car il le reconnaît très bien à son armure.
Yvain prend son écu par les courroies et Keu de
même, puis ils s'élancent l'un contre l'autre. Ils
piquent des deux et abaissent leurs lances en les
tenant solidement. Ils les prennent légèrement
en arrière en tenant le bout recouvert par la
peau de chamois. Dès qu'ils se croisent, ils
s'acharnent à porter de tels coups qu'ils brisent
tous deux leurs lances et qu'ils les fendent tout
du long jusque dans leurs poings. Monseigneur
Yvain assène un coup si violent que son adver-

saire fait la pirouette et se retrouve par terre, le
heaume dans la poussière. Monseigneur Yvain
ne lui veut alors plus aucun mal ; il met pied à
terre et lui prend son cheval. Beaucoup de spectateurs apprécièrent et plus d'un se mit à dire :
« Ha ! Ha ! Vous voilà bien étalé par terre, vous
qui vous moquiez des autres ! Il est juste pourtant qu'on vous pardonne pour cette fois parce
que cela ne vous est jamais arrivé. » Entre-
temps, monseigneur Yvain se présenta devant le
roi ; il menait le cheval par la bride afin de le lui
restituer : « Sire, lui dit-il, ordonnez que l'on re-
prenne ce cheval ! J'agirais bien mal si je gardais
quelque chose qui vous appartient. — Mais qui
êtes-vous ? demanda le roi. Votre voix ne me
suffit pas pour vous reconnaître. Il me faut vous
voir ou alors vous entendre prononcer votre
nom. » Monseigneur Yvain révèle son nom. Keu
en est accablé de honte. Il reste muet, interdit,
désemparé. N'avait-il pas déclaré qu'Yvain
s'était enfui ? Mais quelle joie dans l'assemblée !
On exulte en l'honneur d'Yvain. Le roi lui-
même ne dissimulait pas son allégresse. Monseigneur Gauvain éprouva cent fois plus de joie
que quiconque car il aimait la compagnie
d'Yvain plus que celle d'aucun autre chevalier de
sa connaissance. Le roi le pria instamment, si cela
ne l'ennuyait pas, de raconter ses faits et gestes
car il souhaitait ardemment connaître les détails
de son aventure. Arthur le conjura également de

dire toute la vérité. Yvain leur raconta tout, y compris la serviabilité et la bonté de la demoiselle à son égard. Il ne déforma rien et n'oublia aucun détail. Ensuite, il pria le roi de venir loger chez lui avec tous ses chevaliers ; ce serait pour lui un honneur et une joie de les accueillir. Le roi dit qu'il lui ferait l'honneur et la joie de passer huit jours entiers en sa compagnie. Monseigneur Yvain le remercia. Ils ne s'attardèrent pas plus longtemps, se mirent en selle et se dirigèrent directement vers le château. Monseigneur Yvain envoya en avant du groupe un écuyer portant un faucon gruyer[1] pour que la dame ne fût pas surprise et pour que ses domestiques eussent le temps d'embellir ses maisons. Quand la dame apprit l'arrivée du roi, elle s'en réjouit. Tous ceux qui entendirent la nouvelle s'en réjouirent également ; aucun n'y resta indifférent. La dame les incita à accueillir le roi ; aucun ne protesta ou ne rechigna car tous veillaient à obéir à ses ordres.

Ils partirent tous à la rencontre du roi de Bretagne sur de grands chevaux d'Espagne et ils saluèrent très solennellement d'abord le roi Arthur, puis toute sa suite : « Bienvenue, s'écrient-ils, à cette troupe de vaillants chevaliers ! Béni soit celui qui les conduit et qui nous vaut des hôtes si valeureux ! » Tout le château retentit des cris de joie en l'honneur du roi. On sort les

1. Faucon gruyer : oiseau spécialisé dans l'attaque de la grue.

étoffes de soie et on les déploie en guise de dé-
coration. Les tapis servent de pavement ; on les
étend dans les rues en l'honneur du roi tant attendu. D'autres préparatifs ont lieu encore :
pour protéger le roi du soleil, on déploie des
courtines au-dessus des rues. Cloches, cors et
buccins retentissent si fort dans le château que
même le bruit du tonnerre aurait été étouffé. À
l'endroit où les jeunes filles descendent de leurs
montures, les flûtes et les vielles retentissent
comme les timbres, fretels[1] et tambours. De
l'autre côté, de lestes acrobates exécutent leurs
pirouettes. Tous rivalisent de gaieté et c'est
dans cette explosion de joie qu'ils accueillent
leur seigneur, comme il se doit. Mais voici que
la dame apparaît, vêtue d'une robe impériale
bordée d'hermine neuve ; un diadème entièrement serti de rubis ceint sa tête. Elle n'avait pas
la mine renfrognée mais, par sa gaieté et son
sourire, à mon avis, elle surpassait en beauté
n'importe quelle déesse. Autour d'elle, la foule
se pressait. Tous disaient à l'envi : « Bienvenue
au roi, au seigneur des rois et des seigneurs de
ce monde ! » Le roi ne pouvait répondre à chacun ; il voyait arriver la dame qui voulait lui tenir
l'étrier. Il mit rapidement pied à terre. Il la vit,
elle le salua et lui dit : « Cent mille fois bienvenu

1. Fretel : sorte de flûte rustique comparable à la flûte de Pan.

soit le roi mon seigneur et béni soit monseigneur
Gauvain son neveu. — Que votre personne et
votre visage, belle créature, connaissent la joie et
le bonheur éternels ! » dit le roi. Puis, d'un geste
noble et courtois, il l'embrassa et l'enlaça par la
taille et elle fit de même en l'entourant de ses
bras. Je ne dirai rien de l'accueil qu'elle réserva
aux autres chevaliers mais, jamais encore, je n'en-
tendis parler d'une suite royale autant fêtée et
comblée d'attentions. J'aurais beaucoup à dire
sur la joie qui régna, si je ne craignais de gaspiller
mes propos. Je veux seulement rappeler briève-
ment l'entrevue qui eut lieu en privé entre la lune
et le soleil. Savez-vous de qui je veux parler ? Le
seigneur des chevaliers, distingué entre tous, mérite bien d'être appelé « soleil ». C'est monseigneur Gauvain que j'appelle ainsi[1]. Il illumine
la chevalerie tout comme le soleil qui dispense
ses rayons le matin et diffuse la clarté partout
où il se répand. J'appelle « lune » la seule per-

---

1. Sous la métaphore courtoise, le narrateur fait probablement allusion au caractère « solaire » primitif du personnage de
Gauvain. La littérature arthurienne reconnaît en effet dans le
neveu d'Arthur un héros solaire dont le destin est lié à l'astre
du jour. Par exemple, dans les tournois, la force de Gauvain
croît en même temps que le soleil monte dans le ciel ; elle
trouve son apogée à midi. La rencontre entre le « soleil »
Gauvain et la « petite lune » Lunette se situe à la Saint-Jean
d'été, c'est-à-dire au solstice d'été. C'est précisément le moment
où les deux luminaires vont inverser leur course et leurs effets.
À partir du solstice d'été, le jour solaire diminue et la nuit
lunaire augmente.

sonne au monde à la fidélité et au dévouement exemplaires. Je n'évoque pas ici son grand renom mais le fait qu'elle s'appelle Lunette.

C'était en effet le nom de la demoiselle ; cette accorte brunette[1] était fort intelligente, avisée et aimable. Elle lie connaissance avec monseigneur Gauvain qui l'estime et l'aime beaucoup. Il l'appelle même son amie puisqu'elle a évité la mort à son compagnon et ami. Il lui propose enfin ses services. Elle lui raconte tout le mal qu'elle a eu à convaincre sa dame d'épouser monseigneur Yvain. Elle lui raconte aussi comment elle a soustrait ce dernier à ses poursuivants : il était au milieu d'eux et ils ne l'apercevaient même pas ! Monseigneur Gauvain rit franchement au récit de cette aventure et dit : « Ma demoiselle, en ma personne, un chevalier s'offre à vous aider en cas de besoin. Ne me préférez pas à un autre à moins de croire que vous y gagnerez ! Je suis à vous et vous, soyez désormais ma demoiselle. — Sire, merci », répondit-elle. Voilà comment ces deux-là se fréquentaient et se donnaient l'un à l'autre. Il y avait également environ quatre-vingt-dix dames avec chacune leurs demoiselles de compagnie, belles, nobles, distinguées,

---

1. Dans la littérature du Moyen Âge les personnages féminins d'une catégorie sociale élevée ont invariablement les cheveux blonds. On peut se demander si Chrétien n'a pas innové ici à cause de la rime riche *Lunete/brunete* (v. 2 417-2 418).

aimables, toutes de haute naissance, sages et avisées. Les chevaliers pourront bien se divertir avec elles, les accoler, les embrasser, leur parler, les admirer, s'asseoir à leur côté : ils eurent droit au moins à tout cela[1] ! Monseigneur Yvain se réjouit du séjour du roi. La dame leur prodigua tant d'égards, à tous et à chacun, que les naïfs pourraient imaginer ses attentions et son bel accueil inspirés par l'Amour. Bien niais sont ceux qui croient qu'une dame est forcément amoureuse quand elle s'approche d'un malheureux pour lui faire fête et pour l'embrasser. Un fou se monte vite la tête à partir d'une belle parole et il suscite aussitôt la moquerie. Ils passèrent la semaine entière dans une grande allégresse. Les amateurs s'adonnèrent aux multiples plaisirs de la chasse et de la pêche. Celui qui voulait visiter les terres que monseigneur Yvain avait conquises grâce à son mariage avait tout loisir de s'amuser à quatre, cinq ou six lieues de là, dans les châteaux alentour. Quand le séjour tira à sa fin, le roi ordonna les préparatifs du départ. Mais, durant toute la semaine, les hommes du roi déployèrent d'inlassables efforts pour convaincre monseigneur Yvain de les accompa-

1. Ce qui se passe à la cour de Laudine, cité féminine par excellence, contraste avec le comportement peu courtois des chevaliers au début du roman à la cour d'Arthur ; ici, chevaliers et dames agissent en vrais disciples de l'Amour.

gner. « Comment ! Feriez-vous désormais partie
de ceux qui déméritent parce qu'ils ont pris
femme ? demanda monseigneur Gauvain. Par
sainte Marie, honni soit celui dont le mariage a
gâté le talent ! Quand on a pour amie ou pour
femme une très belle dame, on doit s'améliorer
car il n'est pas juste qu'elle aime un homme dont
la réputation et la valeur diminuent. Son amour
pour vous se transformera certainement en dépit,
si vous commencez à décliner. Une femme a tôt
fait de reprendre son amour et elle n'a pas tort
de mépriser celui qui perd sa valeur quand il
devient maître du royaume. Dorénavant, votre
renom doit grandir. Rompez le frein et le chevêtre[1] ! Nous irons dans les tournois, vous et moi,
afin que l'on ne vous traite pas de jaloux. Vous
ne devez pas rêvasser mais fréquenter les tournois, vous y engager et refuser tout le reste, quoi
qu'il vous en coûte. Un grand rêvasseur ne
bouge jamais ! Oui, vraiment, vous devez venir ! Vous n'avez pas d'autre solution. Veillez,
cher compagnon, à ne pas mettre un terme à
notre amitié car ce n'est pas moi qui la tuerai.
Est-il étonnant de prendre soin d'un bonheur
qui dure ? Un bien devient encore plus plaisant
lorsqu'on en prolonge la jouissance et un petit

---

1. Chevêtre : licou, pièce de harnais passée autour du cou
d'un cheval.

plaisir remis à plus tard devient plus délicieux qu'un grand savouré en permanence. Une joie d'amour qui arrive sur le tard ressemble à la bûche verte qui brûle et dispense une chaleur d'autant plus grande et durable qu'elle est plus lente à s'embraser. On peut s'habituer à une chose dont il est difficile ensuite de se défaire et, quand on le souhaite, c'est trop tard. Si j'avais une aussi belle amie que vous, cher et doux ami, par la foi que je dois à Dieu et à tous les saints, je ne dis pas que je l'abandonnerais le cœur gai. Je serais fou d'elle, je pense. Tel donne de bons conseils à autrui qui ne saurait même pas se conseiller lui-même, tout comme les prêcheurs qui ont bien des choses à reprocher et qui expliquent ce qu'est le bien sans nullement le pratiquer. »

À force d'insister, monseigneur Gauvain décida Yvain à parler à son épouse et à partir après le congé que lui accorderait sa dame. Était-ce une folie ou non ? Il tenait à prendre congé d'elle pour retourner en Bretagne. Il prit à part son épouse qui ne se doutait de rien et lui dit : « Ma très chère, vous qui êtes mon cœur et mon âme, mon bien suprême, ma joie et mon bonheur, accordez-moi une faveur pour votre honneur et pour le mien. » La dame lui accorda tout aussitôt cette faveur bien qu'elle ignorât l'objet de sa demande : « Cher seigneur, lui

dit-elle, demandez-moi ce qu'il vous plaira. »
Monseigneur Yvain lui demanda aussitôt son
congé. Il voulait accompagner le roi et participer aux tournois pour qu'on ne le traite pas de
lâche. « Je vous accorde votre congé, répondit-
elle, jusqu'à une date précise. Mais mon amour
pour vous deviendra de la haine, soyez-en persuadé, si vous dépassez le délai que je vais vous
fixer. Sachez que je ne mens pas. Vous pouvez
mentir mais moi, je dis la vérité. Si vous voulez
conserver mon amour et si vous tenez vraiment
à moi, pensez à revenir bien vite dans un an au
plus tard, huit jours après la Saint-Jean dont
c'est aujourd'hui l'octave[1]. Que mon amour
vous rende hâve et abattu si vous n'êtes pas de
retour à la date fixée ! »

Monseigneur Yvain pleure et soupire si fort
qu'il parle avec difficulté : « Ma dame, ce terme
est bien lointain ! Si je pouvais à volonté me
transformer en colombe, je viendrais souvent à
vos côtés. Et je prie Dieu que, selon sa volonté,
il ne m'autorise pas une aussi longue absence.
Pourtant, tel croit revenir vite qui ignore ce
que l'avenir lui réserve. Je ne sais pas ce qu'il

1. Terme de calendrier et de liturgie. Les grandes dates du
calendrier liturgique (Noël, Pâques, Pentecôte, Saint-Jean...)
comportaient une prolongation festive de toute une semaine. Le
huitième jour constituait le jour *octave*. L'octave de la Saint-Jean
tombait donc le 1ᵉʳ juillet.

m'arrivera. La maladie ou la prison m'empê-
cheront peut-être de revenir. Si vous considé-
rez cela comme négligeable, comptez au moins
la contrainte physique comme un cas de force
majeure ! — Seigneur, je réserve ce cas, effectivement. Autrement, je vous garantis que si
Dieu vous préserve de la mort, aucun obstacle
ne vous empêchera de vous souvenir de moi.
Passez à votre doigt cet anneau que je vous
prête ! Je vais vous révéler le secret de sa
pierre. Aucun amant sincère et loyal ne finira
en prison ou ne perdra de sang, et rien ne
pourra lui arriver, s'il a toujours cette pierre
sur lui, s'il en prend soin et s'il se souvient de
son amie. Elle devient alors plus dure que le
fer. Elle vous servira d'écu et de haubert. Je
n'ai jamais voulu la prêter ou la donner à un
chevalier mais c'est à vous que je la donne par
amour. » Monseigneur Yvain obtint son congé.
Ils pleurèrent beaucoup au moment des
adieux. Las d'attendre, le roi ne voulait plus
rien entendre. Il lui tardait de voir à ses côtés
les palefrois fin prêts, le mors aux dents. Son
désir devint réalité : on amena les palefrois ; il ne
restait qu'à les enfourcher. Que dire d'autre ?
Que monseigneur Yvain s'en alla, qu'on l'embrassa, que les baisers qu'il reçut étaient embués
de larmes et embaumés de douceur ? Et que
vous dire du roi ? Que la dame l'accompagna

avec ses demoiselles et tous ses chevaliers ? Ce serait trop s'attarder. La voyant pleurer, le roi pria la dame de ne plus le suivre et de rentrer chez elle. Sur cette demande pressante, elle s'en retourna à regret avec ses gens.

Monseigneur Yvain quitta son amie, la mort dans l'âme, alors que son cœur était toujours auprès d'elle. Le roi put certes emmener le corps mais non pas le cœur, car il était si attaché à celui de la dame délaissée qu'il n'avait pas le pouvoir de l'emporter. Lorsque le corps se trouve sans le cœur, il n'a aucun moyen de vivre. Un corps qui vivrait sans cœur serait un prodige inconnu des hommes. Un tel prodige est pourtant arrivé pour monseigneur Yvain car son corps a retenu l'âme sans le cœur qui s'y trouvait depuis toujours, parce que ce dernier ne voulait plus suivre le corps[1]. Le cœur a trouvé un agréable séjour et le corps vit dans l'espérance de le rejoindre. Quel cœur étrange que celui de l'amant qui trahit l'espérance et qui n'honore pas ses engagements ! Il ne connaîtra pas, je pense, le moment où l'espérance le trahira car, s'il dépasse d'un seul jour le terme fixé d'un commun accord, il obtiendra difficilement une trêve et la paix de la part de sa dame. Je

1. La séparation du cœur et du corps est un thème familier qui appartient au registre sentimental de Chrétien. C'est la principale source du drame affectif que vivent souvent ses personnages.

pense qu'il dépassera le terme fixé car monseigneur Gauvain ne permettra pas qu'il se sépare
de lui. Gauvain et Yvain se rendirent tous deux
dans les tournois, partout où l'on en donnait.
L'année passa et monseigneur Yvain se montra
si valeureux durant cette année-là que monseigneur Gauvain secondait sa gloire. Une année
entière s'écoula de la sorte et une bonne partie
de la suivante, jusqu'à la mi-août[1] où le roi réu-
nit sa cour à Winchester. La veille, les deux
amis étaient revenus d'un tournoi auquel monseigneur Yvain avait participé. Il avait, ce me
semble, remporté brillamment cette joute,
d'après ce que dit le conte[2]. Les deux chevaliers
décidèrent d'un commun accord de ne pas
loger en ville. Ils firent dresser leur pavillon à
l'extérieur de la cité et y reçurent leurs amis. Ils
ne se montrèrent pas à la cour du roi, mais c'est
le roi qui vint à la leur, car, en leur compagnie,

1. La mention de cette date est importante pour comprendre
la « mélancolie » d'Yvain. La malédiction qui va s'abattre sur lui
renvoie à une fatalité mythologique qui doit s'analyser en référence à des croyances astrologiques et médicales du Moyen Âge.
Les « jours caniculaires » qui correspondent approximativement
au mois zodiacal du Lion (22 juillet-23 août) étaient redoutés
pour les effets néfastes de la chaleur sur l'esprit et sur la santé.
2. Formule courante dans la littérature romanesque du XIIᵉ siècle, qui indique une source authentique (un livre) où l'auteur
aurait puisé la « matière » de son œuvre ou, plus fréquemment,
une tradition orale renvoyant au folklore celtique. À la différence
des autres romans de Chrétien, ce genre d'allusion est rarissime
dans *Yvain*.

se trouvaient la fine fleur et la grande masse des chevaliers. Le roi Arthur prenait place au milieu d'eux lorsque Yvain devint pensif. Depuis qu'il avait pris congé de sa dame, il n'avait jamais été saisi par une telle pensée ; il était conscient en effet d'avoir négligé sa promesse et d'avoir laissé passer l'échéance[1]. Il retenait difficilement ses larmes ; seule la honte l'empêchait de pleurer. Toujours en proie à ses pensées, il vit une demoiselle se diriger droit vers lui. Elle arrivait sur un palefroi noir[2] à balzanes[3]. Elle mit pied à terre devant leur pavillon mais nul ne l'aida à descendre et nul ne s'occupa de son cheval. Dès qu'elle aperçut le roi, elle laissa tomber son manteau, entra dans le pavillon et se dirigea vers le roi. Elle dit que sa dame saluait le roi, monseigneur Gauvain et tous les autres, excepté Yvain, le menteur, le trompeur, le déloyal, le fourbe qui l'avait trompée et abusée. Elle avait parfaitement deviné sa perfidie parce qu'il se

1. C'est donc avant l'arrivée de la messagère de Laudine qu'Yvain se rend compte de l'énormité de sa faute envers son épouse. Sa tristesse et son remords proviennent de sa propre prise de conscience et non pas exclusivement de la dénonciation dont il sera l'objet. Cela le rend moins antipathique, même pour le lecteur le plus sévère en matière de courtoisie.

2. La couleur noire du palefroi est le signe anticipé de la noire folie qui va saisir Yvain. La messagère ne suscite aucune sympathie autour d'elle. Elle préfigure une puissance funeste qui aboutira à la « mélancolie » d'Yvain, c'est-à-dire une maladie de la bile *noire*.

3. Balzanes : taches blanches aux pieds d'un cheval.

faisait passer pour un amant sincère alors qu'il n'était qu'un hypocrite, un imposteur et un voleur. Ce voleur avait séduit sa dame qui, ignorante des malversations, ne pouvait nullement imaginer qu'il lui déroberait son cœur : « Les vrais amants ne volent pas les cœurs, dit-elle, et ceux qui les traitent de voleurs sont aveugles en amour et n'y comprennent rien. L'ami prend le cœur de son amie non pour le voler mais pour le garder. Ceux qui volent les cœurs, les voleurs qui se font passer pour des hommes de bien, ce sont eux les vrais larrons hypocrites, les traîtres qui s'acharnent à ravir des cœurs dont ils se moquent. L'ami, où qu'il aille, prend soin de ce cœur et le rapporte toujours. Monseigneur Yvain a tué ma dame parce qu'elle pensait qu'il lui garderait son cœur et qu'il le lui rapporterait avant la fin de l'année. Yvain, tu t'es montré très négligent en oubliant de revenir auprès de ma dame avant un an ! Elle t'avait fixé une échéance à la fête de saint Jean et tu l'as dédaignée au point de l'oublier. Ma dame a noté dans sa chambre chaque jour et chaque moment qui passait car tous les amants sont anxieux et ne peuvent trouver le vrai sommeil. Ils comptent et additionnent toute la nuit les jours qui viennent et qui s'en vont. C'est ainsi qu'agissent les amants loyaux contre le temps qui passe. La plainte de ma dame n'a rien d'insensé ni d'injustifié. Je ne formule aucun grief mais je dis que tu as aussi trahi celle qui t'a fait épouser ma dame[1]. Ma dame ne se soucie plus de toi, Yvain ! Elle te fait savoir par mon intermédiaire de ne plus revenir chez elle et de ne pas garder plus longtemps son anneau. Par ma voix, elle te demande de le lui restituer. Rends-le-lui donc car il le faut ! »

Yvain est incapable de lui répondre ; l'esprit et les mots lui manquent. La demoiselle se précipite alors sur lui et lui enlève l'anneau du doigt, puis elle recommande à Dieu le roi et toute sa suite, excepté Yvain qu'elle abandonne à son tourment. Soudain, le tourment de ce dernier augmente au point de lui rendre pénible tout ce qu'il voit, et il est torturé par tout ce qu'il entend. Il aurait voulu fuir tout seul sur une terre sauvage, à en devenir introuvable. Aucun homme ou femme n'aurait pu alors avoir de ses nouvelles, comme s'il se trouvait dans le gouffre de l'enfer. Il se déteste lui-même plus que tout. Il ne sait pas qui pourrait le consoler de lui-même, tandis qu'il s'inflige la mort. Il préférerait perdre l'esprit plutôt que de ne pas pouvoir s'en prendre à lui-même d'avoir perdu son bonheur. Il quitte l'assemblée des barons car il craint de perdre la raison parmi eux. Comme ils ne soupçonnent pas

---

1. Il s'agit, bien entendu, de Lunette, trahie, elle aussi, par Yvain.

son état, ils le laissent partir seul. Ils devinent
qu'il n'a cure de leur parler ni de les fréquenter.
Yvain s'éloigne à une certaine distance des tentes
et des pavillons. Soudain, un tel vertige le saisit à
la tête qu'il devient fou. Il déchire et lacère ses
vêtements, s'enfuit dans les champs labourés en
laissant désemparés les gens qui se demandaient
où il pouvait se trouver. Ils partent à sa recherche
de-ci de-là, dans les logis des chevaliers, dans les
haies ou les vergers. En fait, ils le cherchent là
où il n'est pas. Yvain court à toutes jambes et
trouve, près d'un enclos, un jeune homme qui
tient un arc et cinq flèches barbelées, longues et
acérées. Yvain s'approche du garçon pour lui
ravir son petit arc et ses flèches. Au même instant, il ne se souvient plus de ses actes passés. Il
guette les bêtes dans la forêt et les tue. Il mange
de la venaison toute crue. À force d'errer dans les
bois, à la manière d'un fou et d'un homme sauvage[1], il trouve la demeure d'un ermite, une maison très basse et très petite. L'ermite défrichait.
Quand il aperçut l'homme nu, il comprit sans la
moindre hésitation que cet étranger n'avait plus
toute sa raison. C'était un fou, il le savait bien.

---

1. Le conte gallois d'*Owein* (*Les Quatre Branches du « Mabinogi »*, p. 229) évoque la folie du héros en insistant sur la pilosité,
signe dominant de sa sauvagerie : « Il lui poussa de longs poils
par tout le corps. Il frayait avec les animaux sauvages, il se nour-
rissait en leur compagnie, si bien qu'ils étaient devenus ses fami-
liers. Mais il devint si faible qu'il ne pouvait plus les suivre. »

Effrayé, l'ermite se réfugia dans sa cabane. Par charité, le brave homme prit de son pain et de son eau pure et les déposa sur le rebord extérieur de son étroite fenêtre. Le forcené prit avidement le morceau qu'on lui offrait et y mordit. Il n'en avait jamais goûté de plus fort et de plus âpre. La pâte de ce pain n'avait pas coûté vingt sous le setier[1] car la mie était plus aigre que le levain, l'orge avait été pétrie avec la paille ; de plus, ce pain était moisi et sec comme une écorce. Toutefois, la faim le tenaillait et le pressait tellement qu'il faisait peu attention au pain. Une faim insatiable et dévorante contraint souvent à avaler n'importe quoi. Monseigneur Yvain mangea tout le pain de l'ermite car il le trouva bon ; puis il but l'eau fraîche du pot. Dès qu'il eut mangé, il se précipita à nouveau dans la forêt en quête de cerfs et de biches. En le voyant partir, le brave ermite, sous son toit, pria Dieu de le protéger du forcené et de ne plus le mener dans les parages. Mais il n'y a personne, si fruste soit-il, qui ne retourne volontiers là où on lui a fait du bien. Depuis lors, le forcené en pleine rage ne laissa jamais passer huit jours sans déposer quelque bête sauvage sur le seuil de la cabane. Telle était la vie qu'il menait désormais. Le brave ermite s'occu-

---

1. Setier : mesure de capacité pour le grain (entre 150 et 300 litres).

pait d'écorcher les bêtes et faisait cuire beaucoup
de venaison. Le pain et la cruche d'eau se trouvaient toujours sur la fenêtre pour sustenter le
forcené. Il mangeait de la venaison sans sel, sans
poivre et buvait de l'eau fraîche d'une source. Le
brave homme se dépensait sans compter pour
vendre les cuirs et acheter du pain d'orge et de
seigle sans levain. Le forcené eut ainsi de belles
rations de pain et de venaison fournies par
l'ermite. Celui-ci subvint fort longtemps à ses
besoins, jusqu'au jour où deux demoiselles ac-
compagnées de leur maîtresse[1] trouvèrent Yvain
endormi dans la forêt. L'une des trois mit pied à
terre et se précipita vers cet homme nu qu'elles
venaient d'apercevoir. Elle dut l'examiner longtemps avant de remarquer sur lui le moindre
signe qui révélât son identité. Elle l'avait vu très
souvent pourtant et l'aurait rapidement reconnu
s'il avait porté de beaux habits comme jadis.
Elle eut du mal à l'identifier. En l'examinant

---

1. On notera cette nouvelle triade féminine qui fait bien
évidemment penser au trio des fées celtiques. À défaut d'être
désignées elles-mêmes comme fées, ces trois femmes entretien-
nent des relations étroites avec les créatures de l'Autre
Monde, puisque leur maîtresse a fréquenté Morgane. Dans le
conte gallois (*Les Quatre Branches du « Mabinogi »*, p. 230),
Owein est guéri par une comtesse veuve qui possède une fiole
d'onguent. Toutefois, la guérison du héros « couvert de tei-
gnes » est beaucoup plus laborieuse que dans le roman de
Chrétien : « Les poils tombèrent par mèches mêlées de peau.
Cela dura trois mois, sa peau fut ensuite encore plus blanche
qu'auparavant. »

attentivement, elle finit par remarquer une cicatrice sur son visage. C'était monseigneur Yvain,
elle en était sûre, car elle l'avait vu plus d'une
fois. Elle le reconnut à la cicatrice, sans aucune
hésitation, mais elle s'étonna de le voir ainsi
pauvre et nu : qu'avait-il pu lui arriver ? Elle se
signa et s'en étonna mais elle ne le toucha ni ne
le réveilla. Elle rejoignit son cheval, remonta en
selle et retrouva ses compagnes. Elle leur raconta en pleurant sa découverte. Pourquoi m'at-
tarderais-je sur l'évocation de son affliction ?
Elle dit à sa dame en pleurant : « Ma dame, j'ai
découvert Yvain, le chevalier à nul autre pareil,
le plus doué du monde, mais j'ignore par quel
malheur un être aussi noble a pu tomber dans
une telle déchéance. Une profonde affliction l'a
peut-être réduit à cet état ? Il arrive en effet
qu'on devienne fou de douleur. On peut consta-
ter qu'il n'a plus toute sa raison, car jamais il ne
mènerait une existence si pitoyable s'il n'avait
pas perdu l'esprit. Ah, si seulement Dieu pouvait lui rendre la raison et lui faire retrouver son
esprit ! Et si seulement il acceptait ensuite de
rester à votre service ! Car le comte Alier qui
vous fait la guerre a envahi la plupart de vos terres. Cette guerre pourrait tourner à votre honneur si Dieu accordait au chevalier la chance de
retrouver la raison pour qu'il puisse ensuite
vous assister dans votre détresse ! — Ne vous

inquiétez pas ! répondit la dame. Car, s'il ne
s'enfuit pas, je crois qu'avec l'aide de Dieu,
nous allons lui ôter de la tête la rage et la tourmente qui s'y trouvent. Mais il faut agir vite ! Je
me souviens d'un onguent que me donna la savante Morgane[1]. Elle m'affirma qu'il chassait de
la tête la rage la plus furieuse. » Elles se dirigèrent ensuite vers le château, tout proche, à une
demi-lieue de là, tout au plus. Là-bas en effet,
deux lieues équivalent à une des nôtres et quatre lieues à deux des nôtres. Yvain dormait toujours tout seul. Pendant ce temps, la dame alla
chercher l'onguent. Elle ouvrit un de ses cof-
frets, en tira une boîte et la remit à la demoiselle, en la priant de ne pas gaspiller son
contenu : qu'elle en frictionne les tempes et le
front du chevalier car point n'est besoin d'en
appliquer ailleurs. Qu'elle enduise les tempes et
le front et qu'elle garde le reste, car il ne souffre
que du cerveau. Elle fit apporter une robe fourrée de vair, une tunique et un manteau de soie

---

1. Il s'agit de la fée Morgue, Morgain ou Morgane, sœur du
roi Arthur, dont il est question dans la *Vita Merlini* attribuée à
Geoffroi de Monmouth (écrite vers 1150) : « Son nom est
Morgane et elle enseigne quelle est l'utilité de toutes les plantes
pour guérir les corps malades » v. 920-921). Dans cette œuvre,
Morgane soigne son frère Arthur qui séjourne avec elle en Ava-
lon après avoir été mortellement blessé. Morgane connaît la vertu
des plantes et herbes médicinales ; elle l'enseigne volontiers aux
médecins et guérisseurs ; cela explique, sans doute, l'adjectif *sage*
(« savante ») que lui applique Chrétien (v. 2955).

écarlate. La demoiselle emporta le tout et emmena également un excellent palefroi qu'elle
tenait en bride de la main droite. Elle ajouta sa
propre contribution : une chemise et des braies
de fine toile, des chausses noires et élégantes.
Munie de ces affaires, elle alla aussitôt retrouver le dormeur à l'endroit même où elle l'avait
quitté. Elle laissa ses chevaux dans un plessis[1]
après les avoir solidement attachés, puis, munie
de la robe et de l'onguent, elle s'approcha du
dormeur. Lorsque le forcené fut tout près, elle
s'enhardit pour le toucher et le tâter. Elle prit
l'onguent et enduisit le chevalier jusqu'à ce
que la boîte fût vide. Elle désirait tant sa guérison qu'elle en enduisit tout le corps. Elle uti-
lisa pour cela tout l'onguent sans se souvenir ni
se soucier des recommandations de sa dame.
Elle en appliqua plus qu'il ne fallait ; elle pensait agir judicieusement. Elle lui frotta les tempes, le front et tout le corps jusqu'aux orteils.
Grâce à cette friction en plein soleil sur les
tempes et tout le corps[2], la rage et la mélan-

1. Plessis : clôture, enclos formé de haies pliées, entrelacées,
dans un parc ou une forêt.
2. On notera les effets cumulés de l'onguent et du soleil pour
guérir la folie d'Yvain. Les premières atteintes de son mal remon-
taient à la mi-août, c'est-à-dire à la période la plus chaude de
l'année (p. 111). Selon un principe médical bien connu du
Moyen Âge : *similia similibus curantur* (« Les semblables se guérissent par les semblables »), autrement dit : on peut guérir un
mal grâce à ce qui l'a provoqué.

colie¹ quittèrent le cerveau du forcené. Cependant il était absurde d'enduire le corps, car il n'avait nul besoin de remède. Pourtant, même si elle avait disposé de cinq setiers d'onguent, elle n'aurait pas agi autrement, à coup sûr. Elle emporta la boîte et se sauva ; elle alla se cacher près de ses chevaux mais laissa la robe sur place parce que, s'il retrouvait ses esprits, elle voulait qu'il la trouve à portée de la main, qu'il la prenne et la revête. Elle se cacha derrière un grand chêne, en attendant que le dormeur, guéri et rétabli, retrouvât sa raison et sa mémoire. En s'apercevant nu comme l'ivoire, il eut honte. Sa honte aurait été encore plus grande s'il avait connu son aventure, mais il ignorait la cause de cette nudité. Il remarqua la robe neuve devant lui et se demanda bien comment et par quel hasard elle avait pu arriver là. Perplexe et stupéfait devant sa nudité, il

1. L'emploi de ce terme médical (sans doute sa première attestation en français) désigne clairement, en association avec le mot *rage*, la maladie dont souffre Yvain. Il s'agit d'une « mélancolie canine » dont l'encyclopédiste Vincent de Beauvais (XIIIᵉ siècle) a récapitulé les symptômes : « Il existe une certaine forme de mélancolie qui donne l'impression de transformer en coq ou en chien ceux qu'elle atteint ; de là vient qu'ils se mettent à crier comme des coqs ou à aboyer comme des chiens. La nuit, ils se rendent près des tombeaux et y demeurent jusqu'au lever du jour. Les symptômes de cette maladie sont un teint jaune, des yeux sombres, secs et creux, une bouche également sèche et toujours assoiffée ; sur les pieds et le visage, ils portent des contusions et des pustules car ils se blessent souvent en tombant » (*Speculum naturale*, livre XIV, chap. LIX, « À propos de la mélancolie canine et amoureuse qui est dite éros »).

s'avoua perdu et trahi au cas où une de ses
connaissances l'aurait découvert et aperçu. Il
passa la robe cependant et regarda du côté de la
forêt si personne ne venait. Il essaya ensuite de se
lever et de rester debout mais il ne parvint pas à
marcher. Il lui fallait trouver de l'aide pour avan-
cer et pour être soutenu. Sa maladie avait laissé
en lui de telles séquelles qu'il ne pouvait même
pas tenir sur ses pieds. La demoiselle n'hésita
pas ; elle se mit en selle et passa près de lui, en
faisant semblant de l'ignorer. Et lui qui avait bien
besoin d'aide, de n'importe quelle aide, s'éver-
tuait à l'implorer pour qu'elle le conduisît dans
une demeure où il pourrait retrouver ses forces.
La demoiselle regarda tout autour d'elle, feignant
d'ignorer ce qu'il avait. L'air absent, elle allait
par-ci, par-là, évitant de le rencontrer directement. Il renouvela son appel : « Demoiselle ! Par
ici ! Par ici ! » Et la demoiselle dirigea vers lui
son palefroi qui allait l'amble. Ce manège était
destiné à lui faire croire qu'elle ignorait tout de
lui et qu'elle ne l'avait jamais vu ; c'était de sa
part une preuve d'intelligence et de courtoisie.
Arrivée devant lui, elle dit : « Seigneur chevalier, que voulez-vous donc pour m'appeler de
façon si insistante ? — Ah ! fait-il, sage demoiselle. Je ne sais pas quelle infortune m'a conduit jusque dans ce bois. Au nom du Ciel et de
votre foi en Dieu, je vous prie de me prêter ou

de me donner votre palefroi. — Volontiers, sire, mais accompagnez-moi là où je me rends ! — Où cela ? — Hors de ce bois, dans un château tout près d'ici. — Demoiselle, dites-moi donc si vous avez besoin de moi ! — Oui, fait-elle, mais je crois que vous n'êtes pas en bonne santé. Il faudrait vous reposer au moins pendant quinze jours. Prenez la bride de mon cheval dans ma main droite et nous nous rendrons ensuite dans un logis. » Et lui qui ne demandait pas mieux, prit la bride et se mit en selle. Leur chevauchée les mena à un pont enjambant une eau épaisse et grondante. La demoiselle y jeta la boîte vide qu'elle portait ; elle espérait ainsi disposer d'un prétexte envers sa dame ; elle dira que la boîte est tombée sous le pont dans l'eau. Un faux pas du palefroi l'a contrainte à la lâcher ; elle avait failli tomber, elle aussi, avec la boîte : la perte aurait été alors bien plus grande. Voilà le mensonge qu'elle voulait accréditer auprès de sa dame. Ils firent route ensemble jusqu'au château. La dame accueillit joyeusement monseigneur Yvain et réclama discrètement sa boîte et son onguent à la demoiselle. Celle-ci lui raconta le mensonge qu'elle avait prémédité car elle n'osait pas lui dire la vérité. La dame manifesta un grand mécontentement : « Quelle perte fâcheuse ! Je suis certaine qu'on ne la retrouvera jamais. Puisqu'elle est perdue, il n'y a plus qu'à se résigner. Un jour, on croit désirer son bonheur alors qu'en réalité on désire son malheur. Voilà ce que je pensais de ce chevalier qui me procurerait, du moins l'ai-je cru, joie et bonheur. Mais j'ai perdu en fait mon bien le meilleur et le plus précieux. Néanmoins, je vous prierai de vous mettre totalement à son service. — Ah ! dame, voilà de belles paroles ! Ce serait en effet jouer à un bien mauvais jeu que de causer deux malheurs à partir d'un seul ! »

Elles ne parlèrent plus de la boîte et offrirent à monseigneur Yvain tout ce qui était en leur pouvoir. Elles le baignèrent, lui lavèrent la tête, lui firent couper les cheveux ; elles le firent aussi raser car on pouvait saisir sa barbe à pleines mains sur son visage. On satisfaisait ses moindres désirs. S'il voulait des armes, on lui en donnait. S'il voulait un cheval, on lui en préparait un, grand, beau, fort et fougueux. Yvain séjourna ainsi jusqu'au mardi[1], où le comte Alier se présenta devant le château avec ses hommes et ses chevaliers. Ils avaient tout incendié et pillé sur leur passage. Alors ceux du château se mirent en selle, munis de leurs armes. Avec ou sans armes, ils tentèrent une

---

1. Cette précision chronologique explique le contexte de l'épisode. Selon une étymologie médiévale courante, mardi est le jour de Mars, c'est-à-dire celui de la guerre et de l'affrontement.

sortie en direction des pillards qui ne bougeaient
pas devant leur afflux mais qui les attendaient
à un endroit stratégique. Monseigneur Yvain
se lança dans la cohue. Son séjour prolongé lui
avait rendu ses forces. Il frappa violemment un
chevalier en plein sur son écu de sorte que du
chevalier et de son cheval il ne fit qu'une bou-
chée. Son adversaire ne devait plus se relever ;
le cœur lui éclata dans la poitrine et il eut
l'échine brisée. Monseigneur Yvain prit son
élan et revint à la charge. Il se protégea entièrement derrière son écu et piqua des deux
pour dégager le passage. Avant de pouvoir
compter jusqu'à quatre, on le vit abattre quatre chevaliers en un rien de temps et le plus facilement du monde. En le voyant, ceux qui
l'accompagnaient se sentirent gagnés d'une
confiance irrépressible. Un cœur lâche et misérable qui voit un preux accomplir un bel exploit est aussitôt saisi d'une honte et d'une
confusion qui chassent ce misérable cœur et le
remplacent par le courage et par un cœur de
preux et de brave. Les compagnons d'Yvain
devinrent preux de la sorte. Chacun tenait parfaitement sa place dans la mêlée et la bataille.
Du haut de sa tour, la dame vit la mêlée et l'assaut pour la prise et la conquête du passage.
Elle vit beaucoup de blessés et de tués qui
gisaient, parmi ses gens et ses ennemis, mais

ces derniers étaient plus nombreux que ses
gens. Le courtois, le preux, l'excellent monseigneur Yvain les forçait à crier grâce comme le
faucon soumet les sarcelles. On entendait s'ex-
clamer les hommes et les femmes du château
qui regardaient la bataille : « Ah ! Quel vaillant
guerrier ! Comme il fait plier ses ennemis !
Comme il les attaque vigoureusement ! Il se
jette sur eux comme le lion se jette sur les daims
quand la faim le tenaille et l'excite[1]. Tous nos
autres chevaliers s'enhardissent et prennent du
mordant à leur tour, et jamais, s'il n'avait montré l'exemple, ils n'auraient brisé de lance ou
dégainé l'épée. On doit beaucoup aimer et ché-
rir un preux quand on en rencontre un ! Regardez donc comme celui-ci se démène, regardez
comme il se bat dans les rangs ! Regardez
comme il rougit de sang sa lance et son épée
nue ! Regardez comme il les remue, comme il
les accule, comme il esquive et contre-attaque !
Mais il n'esquive pas longtemps ; il passe plus
de temps dans la contre-attaque ! Quand il se
jette dans la mêlée, voyez quel cas il fait de son
écu ! Regardez comme il le laisse dépecer ! Il

---

1. Cette comparaison d'Yvain avec un lion anticipe symboliquement l'épisode où Yvain deviendra le compagnon du lion
qu'il a sauvé du serpent. On comprend alors fort bien que le lion
est le double zoomorphe d'Yvain, tandis que dans ce passage
Yvain « porte » le lion en lui.

n'a aucune pitié : il cherche surtout à se venger
des coups qu'on lui donne ! Si on lui avait fabri-
qué des lances avec tout le bois des forêts
d'Argonne, il ne lui en resterait, je pense, plus
une seule, car à peine l'a-t-il mise sur feutre
qu'il la brise et qu'il en réclame une autre.
Voyez-le se déchaîner avec son épée dégainée !
Jamais Roland avec Durendart ne provoqua un
aussi grand désastre de Turcs à Roncevaux ni
en Espagne ! Même s'il avait eu quelques fidèles compagnons avec lui, le félon dont nous
nous plaignons devrait fuir en pleine déconfi-
ture ou demeurer sur place couvert de ridicule.
Elle serait née sous une bonne étoile, disent-ils,
celle qui recevrait l'amour d'un tel preux. Il
s'illustre au plus haut point dans le métier des
armes. On le reconnaît entre tous comme un
cierge parmi des chandelles, comme la lune
parmi les étoiles et comme le soleil vis-à-vis de
la lune ! » Par sa prouesse, il a tant conquis
les cœurs de chacun et de chacune que tous
auraient voulu le voir épouser leur dame ou
gouverner leur terre.

C'est ainsi que tous et toutes faisaient l'éloge
de celui qui, disait-on justement, faisait détaler
l'ennemi à qui mieux mieux à force de le poursuivre. Il les pourchassait sans relâche avec ses
compagnons qui avaient, à ses côtés, l'impression
d'être protégés par un haut et large mur de

pierre dure. La chasse se poursuivit si longtemps que les fuyards s'épuisèrent, que leurs
poursuivants dépecèrent leurs chevaux et les
éventrèrent. Les vivants culbutaient sur les morts.
On se blessait, on se tuait et on s'affrontait férocement. Le comte s'enfuit mais c'était monseigneur Yvain qui le réduisait à cette extrémité
car cette poursuite n'avait rien de simulé. À
force de le talonner, il le rejoignit au pied d'une
colline abrupte, près de l'entrée d'une forteresse
qui appartenait au comte. C'est là que le comte
fut fait prisonnier car personne ne pouvait
l'aider. Sans grand discours, monseigneur Yvain
lui arracha un serment. Puisqu'il était entre ses
mains et qu'ils se trouvaient seuls, à armes égales,
il ne lui servait à rien de s'échapper, de s'esquiver ou de se défendre. Le comte dut promettre
qu'il irait se rendre à la dame de Noroison[1],
qu'il se rendrait dans sa prison et conclurait la
paix aux conditions qu'elle imposerait. Après
avoir reçu ce serment, le vainqueur fit enlever
son heaume et son écu au prisonnier, et il lui
rendit son épée nue. L'honneur lui revint donc
d'emmener le comte prisonnier et de le livrer à

---

1. Personnage inconnu par ailleurs dans la tradition arthurienne. On relie parfois ce personnage à Morgane et à ses sœurs.
Son nom « noir oisel » rappellerait l'archétype de la fée-oiseau.
On pourrait aussi lire dans ce nom un jeu de mots sur le verbe
norrir qui signifie « élever, éduquer ». Grâce à cet épisode, Yvain
est symboliquement « rééduqué » à la vie chevaleresque normale.

ses ennemis qui ne cachaient pas leur joie. Mais, avant même qu'ils n'arrivent au château, la dame des lieux suivie par une foule d'hommes et de femmes se porta à leur rencontre. Monseigneur Yvain tenait le prisonnier par la main et le présenta à la dame. Le comte lui fit alors le serment solennel de se soumettre à ses exigences sans restrictions. Il lui en donna la caution et la garantie : désormais, il vivrait en paix avec elle, lui offrirait des dédommagements si elle apportait la preuve de ses pertes et il reconstruirait à neuf les maisons qu'il avait détruites. Après ce contrat, conforme aux désirs de la dame, monseigneur Yvain demanda son congé ; elle le lui aurait refusé s'il avait voulu la prendre pour femme ou pour amie. Yvain ne voulait même pas qu'on le suive ou qu'on l'escorte tant soit peu. Il partit aussitôt et les implorations n'eurent aucun effet. Il prit ainsi le chemin du retour et laissa dans l'affliction la dame qu'il avait comblée de joie. Son refus de séjourner auprès d'elle la chagrinait d'autant plus qu'il l'avait rendue heureuse et qu'elle aurait voulu le couvrir d'honneurs. Elle lui aurait volontiers offert, s'il l'avait acceptée, la seigneurie de toutes ses terres et elle lui aurait versé, en échange de ses services, une solde élevée, à la hauteur de ses désirs, mais il restait sourd aux paroles de tout le monde. Yvain quitta alors les chevaliers et la dame, même si cela lui coûtait de ne plus pouvoir rester avec eux.

Monseigneur Yvain cheminait, pensif, à travers une épaisse forêt. Soudain, au milieu des fourrés, il entendit un cri perçant et douloureux. Il se dirigea vers ce cri et, quand il parvint sur les lieux, il aperçut un lion dans un essart[1]. Un serpent lui mordait la queue et lui brûlait la croupe en lui jetant des flammes[2]. Monseigneur Yvain ne contempla pas longtemps ce prodige. Il se demanda en lui-même à qui il porterait secours. Il décida d'aider le lion car une créature venimeuse et félonne ne mérite que d'être maltraitée ; or, le serpent est venimeux[3] ; le feu lui sort de la bouche tellement il regorge de félonie. C'est pourquoi monseigneur Yvain pensa d'abord le tuer. Il dégaina son épée, s'avança en protégeant son visage avec son écu pour éviter les flammes qui sortaient de la gueule plus large

1. C'est ici, au point médian du roman, qu'Yvain va rencontrer le lion qui lui révélera son identité (celle de « chevalier au lion ») et qui donne son titre à l'ouvrage. Rappelons que c'est aussi au point médian du *Chevalier de la Charrette* que Guenièvre révélera enfin le vrai nom de Lancelot.
2. Dans le conte gallois d'*Owein*, la position des deux animaux est différente. Le serpent se trouve dans un rocher à côté duquel se trouve un lion tout blanc. Owein coupe le serpent en deux, et le lion se met à le suivre. (*Les Quatre Branches du « Mabinogi »*, p. 231-232.)
3. Dans les bestiaires médiévaux, le lion et le serpent ont des significations diamétralement opposées. Le serpent symbolise le Mal et rappelle l'épisode du péché originel alors que le lion symbolise le Christ, souvent présenté comme le Lion de Juda.

généosité

qu'une marmite. Si le lion l'attaquait par la suite, la bataille se poursuivrait de plus belle mais, quoi qu'il advînt, il voulut aider le lion car Pitié l'implore de porter secours et assistance à l'animal noble par excellence[1]. Avec son épée bien affûtée, il attaqua le serpent. Il coupa en deux la bête à terre et tronçonna encore les deux moitiés. Il frappa et frappa encore, donna tellement de coups qu'il découpa le serpent en petits morceaux et le dépeça intégralement. Il devait encore trancher un morceau de la queue du lion où restait attachée la tête du serpent félon. Il en trancha autant qu'il fallut, mais le moins possible. Après avoir délivré le lion, Yvain pensait qu'il lui faudrait aussi le combattre et que la bête l'attaquerait. Mais jamais une telle idée n'effleura l'animal. Écoutez plutôt ce que fit le lion, écoutez comme il se comporta avec noblesse et générosité ! Il manifesta sa soumission en étendant vers Yvain ses deux pattes jointes, puis, inclinant la tête au sol[2], il se dressa sur ses pattes de derrière et s'agenouilla ; toute sa face était

1. C'est la première fois qu'Yvain ressent de la pitié. Ce sentiment, nouveau pour lui, se manifeste après la crise de folie qui a, pour ainsi dire, régénéré le héros.
2. Selon une croyance médiévale, les lions respectent le sang des rois. Une version de *Beuve de Hantone*, chanson de geste du XIIIe siècle, raconte en effet : « Selon la coutume, comme en témoigne l'écrit, le lion ne doit [jamais] manger un enfant de roi, mais le doit, au contraire, protéger et respecter. » Yvain, fils du roi Urien, n'a donc rien à redouter de ce lion qui respecte sa nature royale.

mouillée de larmes d'humilité. Monseigneur
Yvain devina véritablement que le lion le remer-
ciait et qu'il se prosternait devant lui pour
l'avoir délivré de l'étreinte mortelle du serpent.
Cette aventure lui plut beaucoup. Yvain essuya
son épée salie par le venin et l'ordure du serpent, puis il la glissa dans son fourreau. Il se
remit en route et le lion l'accompagna. Désormais, il ne le quittera plus jamais et restera toujours à ses côtés, désireux de le servir et de le
protéger. Le lion devançait le chevalier et flai-
rait sous le vent, tout en le précédant, quelque
bête sauvage en pâture. La Faim et Nature le
poussent soudain à débusquer une proie et à la
chasser pour se procurer de quoi manger : c'est
la loi de Nature. Il suit la trace puis montre à
son maître qu'il a enfin senti et dépisté l'odeur
et le fumet d'une bête sauvage. Le lion s'arrête
alors et regarde son maître ; il veut le servir en
respectant ses désirs sans nullement le contra-
rier. Yvain comprend, par ce regard, que l'attente du lion est un signe. Il remarque et déduit
que, s'il reste sur place, le lion restera lui aussi
et, s'il le suit, l'animal capturera la venaison
qu'il a flairée. Alors il l'excite par ses cris, exactement comme s'il s'agissait d'un petit braque[1].

---

1. La conduite du lion ressemble fort à celle d'un chien. On
a parfois comparé le lion-brachet de Chrétien au chien Husdent
dans le *Tristan* de Béroul. L'histoire du lion délivré d'un dragon

Le lion repart en flairant le fumet qu'il a débusqué. Il ne s'était pas moqué de son maître ! À moins d'une portée d'arc, il aperçut, dans une vallée, un chevreuil qui paissait, solitaire. Il décida de le capturer et réussit dès son premier assaut. Puis il en but le sang tout chaud. Après l'avoir tué, il le hissa sur son dos, l'emporta et rejoignit son maître qui, depuis lors, l'estima beaucoup pour toutes ses marques d'affection. À la nuit tombée, Yvain voulut camper sur place et prélever sur le chevreuil la viande de son repas. Il se mit à l'écorcher, lui découpa le cuir au-dessus des côtes et se tailla un morceau de viande dans la longe. Il fit jaillir l'étincelle d'une pierre à feu et attisa la flamme avec du bois bien sec. Il embrocha sa viande et la fit rôtir aussitôt. Elle fut bientôt cuite à point. Le repas manqua toutefois d'agrément car Yvain n'avait ni pain, ni vin, ni sel, ni nappe, ni couteau, ni rien d'autre. Pendant qu'Yvain mangeait, le lion resta allongé devant lui et ne bougea pas. L'animal ne cessa de regarder son maître manger de la viande grasse à satiété. Ensuite, le lion dévora jusqu'aux os le reste du chevreuil. Yvain garda la tête posée sur son écu durant toute la nuit ; il

---

par des bienfaiteurs auxquels il témoigne sa reconnaissance en leur apportant du gibier est racontée par Pierre Damien dans ses *Épîtres* (vers le milieu du XIe siècle). Dans la mythologie astrologique, le Chien et le Lion renvoient à la même période du calendrier.

se reposait comme il pouvait. Le lion eut la
grande intelligence de surveiller et de garder le
cheval broutant une herbe qui ne l'engraisserait
pas beaucoup.

Au matin, ils repartirent ensemble et, à mon
avis, le soir suivant se passa exactement comme
le précédent. Il en fut de même durant presque
une quinzaine de jours jusqu'à ce que le hasard
les conduisît auprès de la fontaine sous le pin.
Hélas ! Peu s'en fallut que monseigneur Yvain
ne retombât dans sa folie en approchant de la
fontaine, du perron et de la chapelle. Il se clama
mille fois malheureux et affligé. Il tomba évanoui de douleur. Son épée glissa hors du fourreau et vint se ficher dans les mailles du haubert,
à hauteur du cou, près de la joue. Les mailles
filèrent les unes après les autres ; la lame lui trancha la peau sous la cotte éclatante et du sang
coula. Le lion crut voir mort son compagnon et
maître. Jamais il n'avait éprouvé un plus grand
motif de chagrin. Il manifesta alors une douleur
indicible : il se tordit les pattes, se griffa, rugit et
voulut mettre fin à ses jours avec l'épée qui avait
tué son bon maître, du moins le pensait-il[1]. Avec

---

1. Cette tentative de suicide de la part du lion rappelle les deux
tentatives semblables et manquées, elles aussi, que l'on trouve dans
Lancelot, celle du protagoniste et celle de la reine. On peut également songer à l'histoire de Pyrame et Thisbé, surtout sous sa
forme française (environ 1160), que Chrétien connaissait.

ses dents, il retira l'épée du corps d'Yvain et la
déposa sur un rondin. Il cala la poignée contre
un tronc pour lui éviter de glisser lorsqu'il s'em-
palerait sur elle. Il était sur le point de se tuer
quand Yvain reprit ses esprits. Le lion retint son
élan alors qu'il courait à la mort comme le sanglier furieux qui fonce tête baissée. C'est ainsi
que monseigneur Yvain s'était évanoui devant
le perron. Quand il revint à lui, il se reprocha
d'avoir laissé passer l'échéance et d'encourir
ainsi la haine de sa dame : « Pourquoi ne se sui-
cide-t-il pas, le malheureux qui s'est lui-même
privé de joie ? Pourquoi, malheureux que je
suis, devrais-je hésiter à me donner la mort ?
Comment puis-je rester ici et voir tout ce qui
me rappelle ma dame ? Que fait donc mon âme
dans un corps qui souffre à ce point ? Si elle
l'avait quitté, elle n'aurait pas enduré un tel
martyre ? Je dois me haïr, me blâmer et me
mépriser, vraiment, le plus possible, et je n'y
manque pas. Celui qui perd sa joie et son bonheur, par sa propre faute et par les méfaits qu'il
commet, il faut qu'il se haïsse à mort ! Il faut
qu'il se haïsse et qu'il se tue. Quant à moi, tant
que personne ne me voit, pourquoi m'épargne-
rais-je la mort ? N'ai-je pas vu ce lion manifester pour moi tant de douleur qu'il voulait sur-
le-champ s'enfoncer mon épée dans la poitrine ? Et je devrais redouter la mort, moi qui

ai transformé ma joie en deuil ! La joie s'est
éloignée de moi. La joie ? Quelle joie ? Assez !
Personne ne peut me répondre. J'ai posé une
question stupide. Parmi toutes les joies, la plus
éminente était celle qui m'était réservée. Elle
n'a pas duré bien longtemps. Celui qui la perd,
par sa faute, n'a pas droit au bonheur. »

Tandis qu'il se lamentait ainsi, une malheureuse captive emprisonnée dans la chapelle le vit
et entendit ses propos par une fissure du mur.
Quand il revint à lui, elle s'écria : « Dieu, que
vois-je là ? Qui peut donc bien se lamenter ainsi ?
— Et vous, qui êtes-vous ? demanda le chevalier. — Je suis une captive, la personne la plus
affligée qui soit. — Tais-toi, lui répond-il, espèce
de folle ! Ta douleur est de la joie ! Ton mal est
un bienfait comparé au mal dont je souffre. Plus
un homme est habitué à vivre dans le plaisir et la
joie, plus il est égaré et troublé par la douleur,
quand elle le frappe ; il souffre alors bien plus
que les autres. Le chétif porte son fardeau par
habitude alors qu'un plus robuste n'accepterait
même pas de le porter. — Par ma foi, fait-elle,
je mesure la vérité de ces propos mais ils ne me
persuadent pas que vous soyez plus malheureux que moi. C'est même ce qui m'empêche
de le croire, car il me semble que vous pouvez
aller où bon vous semble alors que moi, je suis
emprisonnée ici ! Voici le sort qui m'attend :

demain, on viendra me chercher ici pour me livrer au supplice final. — Ah ! Dieu ! fait-il.
Pour quel crime ? — Seigneur chevalier, que
Dieu ne prenne jamais en pitié mon âme et mon
corps si j'ai mérité ce châtiment ! Je vais vous
raconter toute la vérité, sans mentir d'un mot. Je
me trouve en prison parce qu'on m'accuse de trahison et je ne trouve personne pour défendre ma
cause et m'éviter demain le bûcher ou la pendai-
son. — Alors je peux dire que mon deuil et
mon chagrin dépassent votre douleur. Vous
pourriez en effet être délivrée de ce péril par
n'importe qui et échapper à l'exécution, n'est-ce
pas ? — Oui, mais je ne sais pas encore par qui.
Ils ne sont que deux à pouvoir engager pour
moi un combat contre trois adversaires. —
Comment, par Dieu, sont-il donc trois ? — Oui,
seigneur, c'est vrai, ils sont trois à m'accuser de
trahison ! — Qui sont alors ceux qui vous
aiment tant et qui possèdent assez de courage
pour affronter trois adversaires afin de vous
sauver et de vous protéger ? — Je vais vous le
dire, sans mentir. L'un est monseigneur Gauvain et l'autre monseigneur Yvain à cause de
qui je serai livrée injustement, demain, au supplice suprême. — À cause de qui ? fait-il. — Seigneur, que Dieu m'assiste, à cause du fils du roi
Urien. — Je vous ai bien entendue. Eh bien,
vous ne mourrez pas sans lui. Je suis cet Yvain
qui cause vos angoisses et vous êtes, je pense,

celle qui m'a caché dans la salle du château.
Vous m'avez sauvé la vie quand j'étais pris entre
les deux portes coulissantes, en proie à de sombres pensées et à la douleur, anxieux et désemparé. Sans votre aide providentielle, j'aurais été
capturé et tué. Mais dites-moi, ma chère amie,
qui sont ceux qui vous accusent de trahison et
qui vous ont emprisonnée dans ce cachot ? —
Seigneur, je ne vous le cacherai pas, puisqu'il
vous plaît de l'apprendre. Il est vrai que je n'ai
pas craint de vous aider en toute bonne foi.
Grâce à mon intervention, ma dame vous prit
pour époux. Elle se fia à ma recommandation et
à mon conseil et, par le saint Notre Père, j'ai agi
plutôt dans son intérêt que dans le vôtre. C'était
jadis et c'est encore mon intention à présent !
Mais, je le reconnais devant vous, je cherchais à
satisfaire son honneur et votre désir, si Dieu me
prête vie. Mais quand vous avez dépassé
l'échéance qu'elle vous avait fixée, elle s'emporta
aussitôt contre moi et estima que j'avais trompé
la confiance qu'elle avait placée en moi. Le sénéchal l'apprit ; ce félon, cet abominable traître
me jalousait parce que ma dame avait plus souvent confiance en moi qu'en lui[1]. Il vit qu'avec
cette affaire il pourrait semer la zizanie entre

---

1. Il s'agit, bien entendu, du sénéchal de Laudine qui prononça
le discours précieux et littéraire afin d'encourager le mariage de
Laudine et d'Yvain !

elle et moi. En pleine cour, devant tout le monde, il m'accusa de l'avoir trahie à votre profit et je ne pus compter que sur moi-même pour me défendre en disant que je n'avais jamais commis ni prémédité de trahison contre ma dame. Seigneur, par Dieu, dans mon effroi, j'ai ajouté aussitôt, sans réfléchir, que je m'en remettrais au jugement des armes et que mon chevalier affronterait trois adversaires[1]. Le sénéchal n'eut pas un instant la courtoisie de refuser cette proposition. Il était pour moi impossible de me dérober et de reculer, quoi qu'il advînt. Il me prit donc au mot et je fus contrainte de garantir qu'un chevalier en affronterait trois autres dans un délai de quarante jours[2]. Depuis, j'ai visité beaucoup de cours. Je suis allée à celle du roi Arthur et n'y ai trouvé aucun appui. Je n'y ai rencontré personne pour me donner de bonnes nouvelles à votre sujet : nul n'en connaissait. — Et monseigneur Gauvain, par pitié, mon noble et doux Gauvain, où était-il donc ? Il n'a jamais refusé son aide à une demoiselle désemparée. — Comme j'aurais été heureuse et comblée de le trouver ! Il m'aurait donné satisfaction sur ma

1. Le recours au champion est conforme aux usages juridiques. Lunette accusée cherche un défenseur qui résoudra le différend par les armes. Il fallait toutefois appartenir à la noblesse pour user de ce procédé, sorte d'ordalie par les armes.
2. Un délai de quarante jours était normal dans le droit médiéval.

moindre requête, mais un chevalier avait, dit-on, emmené la reine, et le roi commit la folie de laisser partir Gauvain à sa poursuite. Et Keu, je crois, lui fit escorte jusqu'au chevalier ravisseur. Monseigneur Gauvain a vraiment assumé une lourde tâche en partant la chercher[1]. Il ne se reposera jamais avant de l'avoir retrouvée. Je vous ai raconté ma véritable histoire. Demain, je serai vouée à une mort affreuse. Je serai brûlée vive sans espoir de sursis à cause de vos erreurs et du mépris que vous suscitez autour de vous. — À Dieu ne plaise ! On ne vous fera pas de mal à cause de moi ! Vous ne mourrez pas ! Je m'en porte garant ! Demain, vous pourrez m'attendre. Je serai prêt à vous défendre, de toutes mes forces, pour vous délivrer, car c'est mon devoir. Mais ne révélez mon identité à personne ! Quelle que soit l'issue du combat, évitez surtout que l'on me reconnaisse ! — Seigneur, je vous le jure ! Même sous la contrainte, je ne révélerai pas votre nom. Je souffrirai plutôt la mort puisque vous le souhaitez, mais je vous supplie de ne pas revenir pour moi. Je ne veux pas vous voir livrer un combat aussi atroce. Je vous rends

---

1. Voir *Lancelot*, v. 301 et suiv., p. 35 et suiv. (« Folio classique »). Gauvain est parti à la recherche de la reine qui a été enlevée par Méleagant. Il se trouve par conséquent dans une autre *histoire* ; il n'est pas ici *à sa place*. Les vers 3714-3715 sont ironiques : ce n'est pas Gauvain mais Lancelot qui retrouvera Guenièvre.

grâce d'avoir accepté ce défi mais vous en êtes totalement quitte. Je préfère être la seule à mourir plutôt que de voir les gens se réjouir de votre mort. Ma mort suivra la vôtre quand ils vous auront tué. Aussi est-il préférable que vous restiez en vie plutôt que nous ne soyons tués tous les deux. — Que de paroles malheureuses, ma belle amie ! fait-il. Mais peut-être ne voulez-vous pas être sauvée de la mort, ou alors vous méprisez l'aide que je peux vous apporter. Je ne chercherai donc plus à vous persuader. Vous avez déjà tant fait pour moi qu'il m'est impossible de vous manquer quand vous avez besoin de mon aide. Je comprends votre peur mais, s'il plaît à Dieu, vos accusateurs seront tous les trois couverts de honte !

« Voilà, c'est tout ! Je pars chercher un gîte n'importe où dans ce bois car je ne connais aucun logis dans les environs. — Seigneur, que Dieu vous donne un bon gîte et une bonne nuit et qu'il vous garde de toute déconvenue ! C'est du moins mon souhait. »

Monseigneur Yvain s'en va, toujours suivi par son lion. Après un bout de chemin, ils arrivent près d'un château fort ceint de murs épais, puissants et hauts. Ce château, qui appartenait à un baron, ne craignait ni les mangonneaux[1] ni les

---

1. Mangonneau : machine de siège destinée à envoyer divers projectiles.

perrières[1], car ses fortifications avaient été ren-
forcées. Tout l'espace extérieur en contrebas
des murailles avait été rasé, si bien qu'il n'y avait
plus ni cabane ni maison. Vous apprendrez pourquoi au moment opportun. Monseigneur Yvain
se dirige vers la forteresse par la voie la plus
directe et sept valets se pressent aussitôt. Après
avoir abaissé le pont-levis, ils se dirigent vers lui
mais quand ils voient venir le lion, ils prennent
peur et demandent au chevalier de bien vouloir
laisser l'animal près de la porte afin qu'il ne les
blesse ni ne les tue. « Inutile d'espérer une chose
pareille ! Jamais je n'entrerai sans lui ! On
nous hébergera tous les deux ou bien je resterai
dehors, car je l'aime comme moi-même. Toutefois, vous n'avez rien à craindre car je le sur-
veillerai si bien que vous serez protégés de lui.
— C'est heureux ! » répondent-ils.

Ils entrent alors au château et rencontrent
des chevaliers, des dames et des demoiselles qui
s'avancent vers eux. Ils saluent le chevalier,
l'aident à descendre de sa monture et à ôter ses
armes. « Soyez le bienvenu parmi nous, cher
seigneur ! Que Dieu vous permette de séjourner ici jusqu'à ce qu'il vous soit donné de repartir couvert de gloire et comblé de joie ! »
Du plus haut personnage au plus humble, ils

---

1. Perrière : catapulte, machine de siège destinée à envoyer
de grosses pierres comme projectiles.

prennent à cœur de lui manifester leur joie. Ils le conduisent gaiement vers son logis. Après qu'ils lui ont fait fête, cependant, une douleur lancinante efface leur joie. Ils se mettent à pousser des cris, à plusieurs reprises, ils pleurent et se griffent le visage. Pendant un bon moment, tantôt ils manifestent leur joie, tantôt ils éclatent en sanglots. Ils se réjouissent en l'honneur de leur hôte sans en avoir vraiment envie, parce qu'ils attendent une aventure angoissante qui doit leur arriver le lendemain. Ils sont absolument certains que cet événement se produira avant midi. Monseigneur Yvain s'étonne de les voir manifester alternativement de la joie et de la douleur. Il fait part de sa surprise au maître de céans : « Pour Dieu, fait-il, cher seigneur, pourriez-vous me dire pourquoi vous me manifestez d'abord honneur et joie et pourquoi, ensuite, vous pleurez ? — Je vous le dirai puisque tel est votre bon plaisir, mais vous devriez plutôt souhaiter qu'on vous le cache et qu'on se taise là-dessus. Je ne vous révélerai jamais de mon propre chef une nouvelle susceptible de vous affliger. Laissez-nous à notre douleur et ne prenez pas cela à cœur ! — Je ne peux nullement vous voir dans cette douleur sans y prendre part moi-même. Je désire tout savoir au contraire, même si cela doit me causer de la peine. — Je vais donc tout vous révéler. Un

géant m'a gravement lésé. Il voulait que je lui
donne ma fille qui surpasse en beauté toutes les
jeunes filles du monde. Cet abominable géant
— que Dieu le confonde ! — s'appelle Harpin
de la Montagne[1]. Chaque jour qui passe, il me
prend tout ce qui lui tombe entre les mains. Nul
ne peut se plaindre de lui ni se désespérer et se
lamenter autant que moi. Je devrais devenir fou
de douleur, chevalier, car j'avais six fils, tous
chevaliers, les plus beaux du monde. Le géant
me les a pris tous les six[2]. Sous mes yeux, il en
a tué deux et demain il massacrera les quatre
autres si je ne trouve pas quelqu'un qui soit
capable de l'affronter afin de libérer mes fils ou

1. En ancien français, le verbe *harper* signifie « empoigner ». Ce
géant prédateur retrouverait alors le geste des Harpies, monstres
à têtes de femme, à corps d'oiseau et aux griffes acérées, particulièrement portées sur la chair enfantine. Harpin et les Harpies
sont deux expressions indépendantes d'un archétype mythologique qui remonte probablement à une lointaine origine commune.
Issu d'un archétype celtique, Harpin est aussi un des noms du
« Chasseur Sauvage » bien connu du folklore et condamné à errer
sans fin dans les airs avec ses victimes qu'il arrache à la vie. Le
nom de Harpin n'est pas étranger à la littérature épique médiévale
(c'est celui d'un roi sarrasin dans *Le Charroi de Nîmes*).

2. Ce personnage de géant prédateur n'est pas sans rappeler
le Minotaure qui exigeait sept jeunes gens et sept jeunes filles
d'Athènes comme Harpin qui retient prisonnier quatre des six
fils du châtelain (après avoir tué les deux autres) et qui exige
encore une unique fille ; au total, on retrouve donc le chiffre sept
aux valeurs symboliques évidentes. On peut également songer au
Morholt, lui aussi ravisseur de jeunes gens, dans la légende tristanienne. Il ne faut pas nécessairement voir là des emprunts de
Chrétien à des légendes existantes. Le conte celtique qu'il suivait
pouvait très bien comporter un motif semblable.

si je ne lui livre pas ma fille. Quand elle sera à lui, il la remettra au plus détestable et au plus répugnant de ses valets pour qu'il puisse prendre son plaisir avec elle, car il ne la trouve pas assez bien pour lui. Voilà le tourment qui nous attend demain, si Dieu ne nous vient en aide. Nos pleurs ne doivent pas vous étonner, cher seigneur. Cependant, en votre honneur nous souhaitons exprimer notre joie autant qu'il est possible. Car il est fou celui qui attire chez lui un homme de bien et qui ne lui fait pas honneur. Or, vous avez l'air d'un homme de bien. Je vous ai tout dit à présent sur notre grande détresse. Dans le château et dans la forteresse, le géant ne nous a laissé que ce qui se trouve ici. Vous l'avez certainement remarqué si vous avez été attentif ce soir. Il n'a pas laissé subsister la moindre petite planche. À part ces murs restés intacts, il a intégralement rasé le bourg et, après avoir pillé ce qui l'intéressait, il a mis le feu au reste. Il s'est férocement amusé à mes dépens. »

Monseigneur Yvain écouta son récit de bout en bout. Il lui donna ensuite son sentiment : « Seigneur, votre affliction m'émeut et m'attriste mais une chose me surprend fort : pourquoi n'avez-vous pas consulté la cour du bon roi Arthur ? Un individu, fût-il d'une puissance redoutable, ne peut manquer d'y trouver d'éventuels adversaires capables de rivaliser en bravoure avec lui. » Le noble seigneur lui révèle alors qu'il aurait pu obtenir une aide efficace de monseigneur Gauvain s'il avait su où le trouver : « Il ne me l'aurait pas refusée ; ma femme est sa sœur germaine[1] mais un chevalier étranger a enlevé l'épouse du roi qu'il est venu réclamer à la cour. Néanmoins, il n'aurait jamais pu l'emmener, malgré tous ses efforts, si Keu n'avait pas stupidement demandé au roi de lui confier la reine et de la placer sous sa garde. Le roi a été bien sot et la reine bien niaise de s'en remettre à lui. Mais c'est moi qui subis les conséquences les plus fâcheuses et les plus désastreuses de cette affaire, car le preux monseigneur Gauvain n'aurait pas manqué de voler au secours de sa nièce et de ses neveux s'il avait appris leur situation. Mais il n'en sait rien et cela m'afflige au point de faire

---

1. On notera que tous les personnages de cet épisode sont anonymes. Toutefois, l'épouse du châtelain est la sœur germaine de Gauvain. De qui peut-il s'agir ? Selon les textes arthuriens en vers, Gauvain a deux sœurs (Soredamor dans *Cligès*, Clarissant dans *Le Conte du Graal* et ses *Continuations*). Soredamor n'a qu'un fils nommé Cligès mais, dans d'autres textes arthuriens, Clarissant possède une fille nommée Guingenor. Toutefois, il n'est nulle part question des « six frères » de Guingenor. Le lien de parenté du châtelain et surtout de sa femme avec Gauvain peut très bien avoir été inventé par Chrétien pour les besoins de son épisode. L'anonymat s'expliquerait alors par un souci de respecter la généalogie imposée par la tradition légendaire et de ne pas y introduire d'éventuelles contradictions qui choqueraient le lecteur familier de la matière de Bretagne.

éclater mon cœur. Gauvain est parti à la poursuite du ravisseur. Que Dieu accable de tourments atroces le malfrat qui a enlevé la reine ! »
À ces mots, monseigneur Yvain n'en finit plus
de soupirer. Saisi de pitié, il dit : « Très cher seigneur, je me lancerais volontiers dans cette
aventure périlleuse si le géant et vos fils arrivaient demain à une heure qui m'évite d'être en
retard à mon rendez-vous. Demain à midi, je
dois me trouver ailleurs, je l'ai promis. — Cher
seigneur, merci mille fois pour cette décision ! »
Et tous les gens du château de le remercier en
chœur.

Alors sortit d'une chambre une jeune fille gra-
cieuse, aux manières élégantes et aimables. Elle
s'avançait humblement et silencieusement, en
proie à une insondable douleur. Elle avait la
tête inclinée vers le sol. Sa mère se tenait à ses
côtés. Le seigneur du château les avait fait venir
pour leur présenter leur invité. Le visage sous
leur manteau, elles dissimulaient leurs larmes.
Le maître de céans leur ordonna de découvrir
leur visage et de relever la tête. « Je ne veux nullement vous affliger en vous demandant cela !
Dieu et la Providence nous ont procuré un noble
et généreux appui en la personne de ce chevalier qui m'a promis de combattre le géant. N'hé-
sitez donc pas ! Jetez-vous à ses pieds ! — Que

Dieu ne me permette pas de voir une chose pareille, s'écria aussitôt monseigneur Yvain. Il ne serait vraiment pas décent que la sœur ou la nièce de monseigneur Gauvain vienne se jeter à mes pieds. Que Dieu dissipe en moi l'orgueil d'accepter un geste pareil ! Oui, vraiment, jamais je ne pourrais oublier la honte qu'il me causerait. Au contraire, je leur saurais gré de reprendre espoir jusqu'à demain, afin qu'elles voient si Dieu voudra les assister. Il ne convient plus désormais de m'implorer. Pourvu que le géant arrive bientôt ! Je ne voudrais pas manquer à ma promesse d'être présent ailleurs, demain à midi, à la plus grande affaire dont je puisse m'occuper. » Il ne voulait pas s'engager formellement. Il craignait que le géant n'arrive à une heure qui ne lui permettrait pas d'honorer son rendez-vous auprès de la jeune prisonnière dans la chapelle. Pourtant, à force de leur promettre son aide, il fit renaître leur espoir. Tous et toutes le remerciaient, confortés par l'espérance qu'il leur donnait et par sa perfection chevaleresque dont témoignait la compagnie du lion couché près de lui comme un agneau. L'espérance qu'ils plaçaient en lui les réconfortait et les réjouissait ; ils cessèrent de manifester leur chagrin. Le moment venu, ils l'emmenèrent dans une chambre bien éclairée. La demoiselle et sa mère veillaient sur son coucher parce qu'elles l'esti-

maient déjà beaucoup, mais elles l'auraient
estimé mille fois plus si elles avaient pu soupçonner sa courtoisie et sa grande bravoure. Le chevalier et son lion couchèrent et se reposèrent
dans cette chambre. Personne d'autre n'osa
dormir près d'eux. Ils ne purent sortir de la
pièce avant le lendemain matin, tant la porte
était bien fermée. Lorsqu'on ouvrit la chambre,
Yvain se leva, assista à la messe et attendit l'heure
de prime pour respecter sa promesse. Alors,
devant tout le monde, il s'adressa au maître de
céans et lui dit : « Seigneur, je n'ai plus de
temps à perdre. Je dois m'en aller. Sans vouloir
vous ennuyer, il ne m'est plus possible de rester
davantage à vos côtés. Sachez que je serais volontiers et généreusement resté avec vous pour
les neveux et la nièce de monseigneur Gauvain
que j'aime beaucoup, mais partir est pour moi
une nécessité et mes affaires pressent. » La peur
fait palpiter le cœur de la jeune fille ainsi que
celui du seigneur et de sa dame. Ils craignent
tant de le voir partir qu'ils s'efforcent encore de
l'implorer en se prosternant à ses pieds, mais
Yvain ne se laisse pas faire car cela ne lui plaît
nullement. Avec l'espoir de différer son départ,
le seigneur veut encore lui faire cadeau d'une
terre ou d'un autre bien, si toutefois Yvain
l'agrée. « Que Dieu me garde d'accepter quoi
que ce soit de vous ! » répond le chevalier. La

jeune fille apeurée se met à pleurer abondamment et l'implore de rester. Dans sa détresse et son angoisse, au nom de la Reine glorieuse des cieux et des anges, au nom de Dieu le Père, elle le prie de ne pas s'en aller mais d'attendre encore un peu. Elle parle aussi pour son oncle qu'il connaît, selon ses dires, et qu'il estime beaucoup. Une grande pitié saisit le chevalier lorsqu'il entend invoquer l'homme qu'il aimait le plus ainsi que la Reine des cieux et Dieu lui-même, le miel et la douceur de la miséricorde. Il pousse un soupir d'angoisse. Pour tout le royaume de Tarse[1], il ne voudrait pas voir brûlée vive celle auprès de qui il s'était engagé. Sa vie serait écourtée ou alors il perdrait l'esprit, s'il ne pouvait pas la rejoindre à temps. La grande noblesse de son ami monseigneur Gauvain est pour lui un autre sujet d'inquiétude. Ne pas pouvoir rester pourrait lui briser le cœur. Aussi, il ne part pas. Il s'attarde tant que le géant arrive bientôt, amenant avec lui les cheva-

---

1. Sur Tarse, voir le psaume LXXII (Vulgate LXXI), *Deus, judicium tuum regi da*, dédié à Salomon qui reçoit, pour son sens de la justice, les hommages des plus riches rois de la terre : « Les rois de Tharsis et des Îles offriront des présents ; les rois d'Arabie et de Saba apporteront leurs offrandes. Tous les rois de la terre l'adoreront, et toutes les nations lui seront soumises » (versets 10 et 11). Le royaume de Tarse désigne ainsi une contrée aux multiples splendeurs : c'est la fascination du rêve oriental qui s'exprime ici. Ce texte était utilisé comme prière d'offertoire dans l'office solennel de l'Épiphanie (6 janvier).

liers prisonniers. Autour de son cou est suspendu un énorme pieu carré, au bout pointu, avec lequel il frappe les chevaliers. Ceux-ci portent des vêtements qui ne valent pas un clou, des chemises sales et souillées. Pieds et poings liés, ils montent quatre canassons boiteux, chétifs, faibles et ensellés. Ils chevauchent le long du bois. Un nain traître comme un crapaud bouffi avait noué les chevaux queue à queue[1] et suivait de près les quatre jeunes gens. Il ne cessait de les flageller avec un fouet à six nœuds et croyait se comporter noblement[2] ; il les battait jusqu'au sang. Voilà comment les captifs étaient conduits et avilis entre le géant et le nain. Le géant s'arrêta devant la porte, au milieu d'un terre-plein, et lança son défi au châtelain. Il menaçait de massacrer ses fils s'il ne lui remettait pas sa fille : il voulait la livrer à sa valetaille pour la prostituer car il ne l'aimait vraiment pas assez pour daigner s'avilir avec elle. Elle aura un millier de valets pour lui tenir une intime compagnie,

1. Derrière cette précaution élémentaire pour éviter la fuite des prisonniers, on peut soupçonner un acte magique de liage pour ensorceler les bêtes et les hommes. Le folklore européen a gardé le souvenir de créatures féeriques qui tressent les crinières des chevaux pendant la nuit et les rendent définitivement inextricables.

2. Dans les récits arthuriens, le nain est toujours une créature diabolique habitée par la ruse et la félonie. Il est généralement associé à l'autre monde. Personnage chtonien, le nain est détenteur d'une science redoutable qui confine souvent à la magie.

...uilleux, nus comme des ribauds et

...ts qui lui paieront tous leur écot[1].

...seigneur devient presque fou de rage en entendant celui qui veut prostituer sa fille ou qui, sans cela, massacrera devant lui ses quatre fils. Sa détresse sans pareille lui fait alors préférer la mort à la vie. Il se traite à plusieurs reprises de pauvre malheureux ; il pleure beaucoup et soupire. Monseigneur Yvain lui dit alors avec toute la générosité et la douceur qu'on lui connaît : « Seigneur, ce géant qui fanfaronne là dehors est un monstre de cruauté et de traîtrise. Que Dieu ne lui accorde jamais d'avoir votre fille à sa merci ! Il n'a que mépris et dédain pour elle. Ce serait un grand malheur qu'une si belle créature, une jeune fille de si haute naissance, fût abandonnée à des valets.

« Vite ! Mes armes et mon cheval ! Faites baisser le pont-levis et laissez-moi sortir. Il faudra que l'un de nous deux y passe, moi ou lui, je ne sais pas ! Si seulement je pouvais humilier le félon, le cruel qui vous persécute chez vous pour le contraindre à libérer vos fils, à venir ici réparer les outrages qu'il vous a faits ! Alors je pourrais vous dire adieu et vaquer à mon affaire ! » Ils vont lui chercher son cheval et lui

---

1. Écot : quote-part d'un convive pour le paiement d'un repas. Ce langage et ce comportement très peu courtois rappellent l'épisode d'Yseut et des lépreux.

apportent toutes ses armes. Ils s'empressent de
le servir au mieux et l'équipent en un rien de
temps. Pour l'armer, ils mettent vraiment très
peu de temps, le moins possible. Après avoir
bien muni le chevalier de ses armes, il ne leur
reste qu'à baisser le pont-levis et à laisser sortir
Yvain. On baisse le pont ; Yvain part mais,
pour rien au monde, le lion n'aurait renoncé à
le suivre. Les habitants du château le recom-
mandent au Sauveur. Ils craignent en effet que
le maudit géant, le diable en personne, qui avait
déjà tué plus d'un bon chevalier devant eux sur
cette place, lui fasse subir le même sort. Ils
implorent Dieu de protéger le chevalier de la
mort afin qu'il revienne sain et sauf du combat
et qu'il tue le géant. Chacun à sa manière prie
Dieu avec ferveur. Animé d'une cruelle audace,
le géant s'approche d'Yvain et le menace en
ces termes : « Par mes yeux, celui qui t'a envoyé ici ne te voulait pas beaucoup de bien !
Vraiment, il ne pouvait pas inventer de meilleur moyen pour se débarrasser de toi ! Il a
trouvé la vengeance idéale pour tout le mal
que tu lui as causé ! — Tu parles pour ne rien
dire, fait Yvain, nullement impressionné. Que
le meilleur gagne ! Tes propos stupides me fa-
tiguent ! » Monseigneur Yvain, à qui il tardait
de s'en aller, fonce sur le géant. Il le frappe en
pleine poitrine sur la peau d'ours qui lui sert

d'armure[1] et le géant, de son côté, se rue sur
lui avec son pieu. Monseigneur Yvain le frappe
si violemment qu'il lui transperce sa peau
d'ours. Il trempe ensuite le fer de sa lance dans
le sang du géant comme dans de la sauce mais
le géant le frappe si fort avec son pieu qu'il le
fait ployer. Monseigneur Yvain dégaine son
épée avec laquelle il sait donner de grands
coups. Il trouve le géant à découvert, car celui-
ci se fiait tellement à sa force qu'il ne portait
jamais d'armure. Donnant la charge avec son
épée, Yvain le frappe du tranchant et non du
plat de son arme. Il lui taille alors un morceau
de la joue aussi grand qu'une pièce de viande à
griller et l'autre riposte par un coup qui fait
ployer Yvain sur le col du destrier.

À ce coup, le lion dresse la tête et se prépare
à porter secours à son maître. Il bondit furieuse-
ment et s'agrippe énergiquement au géant ; il lui
déchire sa pelisse comme il fendrait une écorce
et lui arrache un bon morceau de la hanche. Il
lui tranche les nerfs et les muscles. Le géant parvient à se dégager mais crie et hurle comme un
taureau, car le lion l'a grièvement blessé. Il lève

---

1. Cette peau d'ours qui revêt le géant n'est pas sans évoquer
la peau de lion que portait Héraclès. La peau talismanique d'un
animal divin devait conférer en principe un don d'invulnérabilité.
Toutefois, si les deux personnages possèdent en commun une
force phénoménale, Yvain dispose quant à lui du secours d'un
vrai lion qui le rend invincible !

son pieu à deux mains et croit frapper l'animal mais il rate son coup, parce que le lion a sauté de côté. C'est un coup pour rien qui s'abat près de monseigneur Yvain mais qui ne l'atteint pas plus que le lion. Monseigneur Yvain ajuste ses coups et par deux fois atteint le géant dans sa chair. Avant même que le géant ait pu se voir, il lui détache l'épaule du buste avec le tranchant de l'épée. La deuxième fois, il lui plonge la lame de son épée sous le sein et lui transperce le foie. Le géant tombe ; la mort le presse. Le fracas qu'il fait en tombant surpasse celui d'un chêne qu'on abat. Les habitants du château, derrière les créneaux, veulent tous voir le coup de grâce. C'est à celui qui arrivera le premier car ils accourent tous à la curée comme le chien qui finit par capturer la bête qu'il a poursuivie. Hommes et femmes courent dans un bel effort à l'endroit où le géant gît sur le dos, la gueule tournée vers le ciel.

Le seigneur du château lui-même accourt avec tous ses hommes, de même que la jeune fille avec sa mère. Les quatre frères peuvent maintenant se réjouir après tant de souffrances. Quant à monseigneur Yvain, tout le monde sait bien qu'il sera impossible de le retenir, quoi qu'il advienne. Aussi, ils le prient de revenir les voir pour se reposer et séjourner en leur compagnie dès qu'il

aura réglé son affaire. Il leur répond qu'il ne
peut le leur promettre formellement ; il n'est pas
en mesure de prévoir en effet si son affaire se
conclura bien ou mal, mais il désire que les quatre fils et la fille du seigneur capturent le nain et
aillent trouver monseigneur Gauvain, quand ils
auront de ses nouvelles, pour lui raconter tout ce
qui s'est passé. En effet, c'est mépriser la vertu
que de la cacher à autrui. « Cette vertu ne sera
jamais cachée ! Ce ne serait pas juste ! lui répondent-ils. Nous ferons donc ce que vous ordonnez
mais nous voulons savoir, seigneur, de qui nous
devons faire l'éloge, quand nous serons en présence de Gauvain, puisque nous ignorons votre
nom ! — Quand vous serez en sa présence, il
vous suffira de dire que je me suis nommé devant
vous "le Chevalier au Lion[1]". Je vous prie d'ajouter encore de ma part qu'il me connaît très bien,
comme moi je le connais, bien qu'il ne sache
pas qui je suis vraiment au fond de moi-même.
Je ne vous demande rien d'autre. Maintenant, il
me faut partir d'ici ! Ma plus grande hantise est
d'avoir trop traîné ! Avant midi, j'aurai fort à
faire ailleurs, si je suis à l'heure à mon rendez-

1. Yvain cache son vrai nom ; c'est celui d'un homme qui n'a
pas été fidèle à sa dame. Gauvain, qui a entendu les accusations
de la messagère de Laudine, ne le sait que trop bien. Mais le nouveau nom d'Yvain (« le Chevalier au Lion ») lui sera très utile : il
lui permettra de réintégrer la société et, finalement, de mériter à
nouveau l'amour de sa dame.

vous ! » Sans plus tarder, il s'en alla mais, auparavant, le seigneur l'avait imploré, aussi aimablement que possible, d'emmener avec lui ses quatre fils. Chacun d'eux s'efforcerait de le servir s'il voulait bien les accepter, mais Yvain ne souhaitait pas avoir de compagnie. C'est donc seul qu'il les quitta. Aussitôt parti, il lança son cheval à vive allure et retourna vers la chapelle. La route était droite et belle, et il la suivit sans peine. Mais, arrivé à la chapelle, il remarqua que la demoiselle en avait été retirée. On avait dressé le bûcher sur lequel elle devait être emmenée avec une chemise pour seul vêtement.

Ceux qui lui imputaient à tort des desseins qu'elle n'avait jamais eus la tenaient ligotée devant le brasier. Monseigneur Yvain s'approcha du bûcher où on voulait la précipiter : cela dut le bouleverser ; celui qui en douterait ne serait ni courtois ni intelligent. Il est vrai que la situation le tourmentait profondément, mais il avait confiance en lui-même car Dieu et le droit viendraient à son aide et seraient de son côté. Il se fiait à ses appuis et le lion était loin de le détester. Alors, Yvain se précipita vers la foule à bride abattue et cria : « Laissez, laissez donc cette demoiselle, renégats ! C'est une injustice de la jeter sur un bûcher ou dans une fournaise. Elle n'a rien fait de mal ! » On s'écarte aussitôt de part et d'autre pour le laisser passer. Il lui tarde de

voir enfin de ses propres yeux celle dont son
cœur garde l'image, quel que soit l'endroit où
elle se trouve. Il la cherche du regard et finit
par l'apercevoir. Son cœur est à rude épreuve,
car il le refrène et le contient comme un cava-
lier retient péniblement son cheval fougueux.
Cependant, il la regarde volontiers en soupirant
mais, tout en rendant ses soupirs imperceptibles,
il se retient difficilement[1]. Il est pris d'une grande
pitié en entendant et en voyant les pauvres dames
qui manifestent un profond chagrin : « Ah,
Dieu ! Comme tu nous a oubliées ! Nous voici
désormais désemparées ! Nous perdons une si
bonne amie ! Elle était pour nous le meilleur
appui et la meilleure aide à la cour. C'est sur son
conseil que notre dame nous revêtait de ses four-
rures de petit-gris. Maintenant, tout va changer !
Plus personne ne parlera en notre faveur. Maudit
soit celui qui nous l'enlève ! Maudit soit celui qui
nous l'ôtera, car nous y perdrons beaucoup ! Il
n'y aura plus personne pour dire et entendre :
"Ce manteau, ce surcot[2], cette cotte, dame très
chère, donnez-les à cette noble femme. Si vous lui
remettez, il sera fort bien employé, car elle en a

1. Laudine assiste évidemment au châtiment de Lunette. Cette
scène où Yvain porte son regard sur Laudine, « sa » dame, rappelle l'extase de Lancelot qui contemple Guenièvre lors des tournois où il est appelé à combattre dans *Le Chevalier de la
Charrette* ; dans les deux cas, il s'agit d'un amour absolu.
2. Surcot : vêtement porté sur la cotte de mailles.

grand besoin." On n'entendra plus de tels propos car la noblesse et la courtoisie n'existent plus. Chacun quémande pour soi et non pour autrui alors qu'il n'a lui-même aucun besoin[1]. »

Elles se désolaient entre elles et monseigneur Yvain, en leur compagnie, entendait parfaitement leurs plaintes tout à fait réelles. Il vit Lunette agenouillée, vêtue d'une simple chemise. Elle s'était déjà confessée ; elle avait demandé à Dieu l'absolution de ses péchés et avait battu sa coulpe. Alors, le chevalier qui lui portait une grande affection s'approcha d'elle, la pria de se relever et lui dit : « Demoiselle, où sont ceux qui vous blâment et vous accusent ? Je suis prêt à leur livrer bataille sur-le-champ, s'ils ne refusent pas le combat. » Et celle qui ne l'avait encore ni vu ni regardé lui dit : « Seigneur, au nom de Dieu, venez à mon secours ! Les auteurs du faux témoignage sont tout près de moi. Si vous aviez tardé un peu plus, je ne serais plus que charbon et que cendre ! Vous êtes venu

---

1. Lieu commun passéiste de la courtoisie disparue et regrettée, qui parcourt l'ensemble du roman. Au monde mythique de l'aventure et de l'héroïsme chargé de tous les prestiges du temps passé s'oppose le présent prosaïque et décevant. Satire d'une vie de cour que Chrétien a peut-être connue auprès de Marie de Champagne ou simple variation sur le *ubi sunt* (où sont les gloires du passé) harmonisé au thème de la fuite du temps ? Les intellectuels du Moyen Âge cultivent, avec délectation parfois, ce sentiment diffus de la vieillesse du monde et du déclin irrémédiable de tous les idéaux.

pour me défendre. Que Dieu vous en donne le
pouvoir car je ne suis pas coupable du crime
dont on m'accuse ! » Le sénéchal et son frère
avaient entendu ces propos. « Ha ! dit le sénéchal, la femme est une créature avare de vérité
et prodigue de mensonges. Il faut vraiment être
stupide pour se charger du lourd fardeau de ta
défense sur la foi de ta seule parole ! Il est bien
mal tombé, le chevalier qui est venu mourir
pour toi, car lui, il est seul, et nous, nous sommes trois ! Je lui conseille plutôt de s'en aller
avant que tout aille très mal pour lui ! » Irrité
par ces attaques, Yvain répondit : « Le peureux
peut fuir ! Moi, je ne crains pas assez vos trois
écus pour m'avouer vaincu sans coup férir. Je
serais un vrai malotru si je vous abandonnais
sain et sauf le terrain ! Tant que je serai vivant
et dispos, vos menaces ne me feront pas fuir.
Sénéchal, je te conseille plutôt de faire acquitter
la demoiselle que tu as calomniée à tort ! Elle
m'a dit en effet, et je la crois, elle m'a juré sur
l'honneur et sur le salut de son âme qu'elle n'a
jamais accompli, proféré ni prémédité la moindre trahison envers sa dame. Je crois parfaitement tous ses dires. Je la défendrai si je le puis,
car je trouve légitime de lui venir en aide. Et,
pour parler vrai, Dieu est toujours du côté du
droit ; Dieu et le droit ne font qu'un. C'est
pourquoi, quand ils prennent mon parti, je dis-

pose d'une meilleure aide et d'une meilleure
compagnie que toi ! » L'autre répond stupidement qu'Yvain peut user de tous les moyens à
sa convenance pour leur nuire, pourvu que le
lion ne leur fasse aucun mal. Le chevalier affirme qu'il n'a pas amené son lion pour lui servir de champion et qu'il ne cherche nullement à
engager dans le combat quelqu'un d'autre que
lui-même. Mais si le lion les assaille, qu'ils se
défendent énergiquement contre lui car il ne
peut nullement se porter garant de son comportement. « Tu as beau parler, lui répondent-ils, si
tu ne fais pas entendre raison à ton lion et si tu
ne l'obliges pas à rester tranquille, tu n'as rien
à faire ici ! Va-t'en plutôt, tu feras mieux, car
partout dans ce pays on sait comment cette fille
a trahi sa dame. C'est justice qu'elle reçoive sa
récompense dans le feu et les flammes ! — Que
Dieu et le Saint-Esprit ne me laissent pas repartir tant que je ne l'aurai pas libérée ! » fait le
chevalier qui connaît la pure vérité. Il demande
alors au lion de reculer et de se coucher tran-
quillement.

La bête obéit et recule. La conversation et le
débat cessent aussitôt et les combattants prennent
leur élan. Les trois félons foncent sur Yvain qui
se porte à leur rencontre en allant au pas parce
qu'il ne veut pas céder ni souffrir dès le premier
assaut. Il les laisse briser leur lance et protège la

sienne. Son écu leur sert de quintaine[1] et les trois assaillants cassent leur lance. Yvain éperonne alors sa monture et s'éloigne d'un arpent mais il revient vite à la charge car il ne veut pas traîner. Il atteint le sénéchal devant ses deux frères ; il brise sa lance sur son corps. Le rude coup qu'il lui donne le fait tomber, malgré qu'il en ait. L'autre reste étendu un bon moment sans lui faire de mal et ses deux compagnons se mettent à assaillir Yvain. Avec leur épée nue, ils lui assènent de grands coups mais en essuient de plus violents encore de sa part ; un seul de ses coups en vaut deux des leurs. Il se défend si bien que ses adversaires ne remportent pas le moindre avantage sur lui jusqu'au moment où le sénéchal se relève et le frappe violemment. Les autres s'associent à lui pour malmener Yvain et le laisser mal en point. Devant ce spectacle, le lion n'attend plus pour porter secours à son maître qui en a bien besoin, à son avis. Toutes les dames qui aimaient la demoiselle ne cessent d'implorer le Seigneur Dieu. Elles le prient avec ferveur d'éviter à tout prix la mort ou la défaite du chevalier qui s'est exposé pour elle. Les dames l'aident par leurs prières, car elles n'ont pas d'autres armes, et le lion apporte son aide à

1. Quintaine : mannequin utilisé pour l'entraînement du chevalier

Yvain. Dès le premier assaut, il porte au sénéchal désarçonné un coup si terrible que les
mailles de son haubert se mettent à voler comme
fétus de paille. Le lion le traîne par terre si sauvagement qu'il lui arrache le tendon de l'épaule
et le flanc tout entier. Il lui arrache en fait tout
ce qui tombe entre ses griffes et lui laisse les
entrailles à nu. Ce coup revient cher aux deux
autres !

Maintenant les voici à armes égales sur le
champ de bataille ! Le sénéchal ne peut éviter la
mort, il se tord et se vautre dans le flot de sang
vermeil qui coule de son corps. Le lion attaque
alors les deux autres combattants. Monseigneur
Yvain ne parvient pas à l'écarter par les coups
ou les menaces. Il se donne pourtant beaucoup
de mal pour cela, mais le lion devine sans doute
que son maître ne dédaigne pas son aide et que,
bien au contraire, il l'aime davantage pour cela.
Le lion se rue férocement sur les deux hommes
qui se plaignent de ses coups, tout en le blessant
et en le malmenant.

Quand monseigneur Yvain voit son lion blessé,
il est tout bouleversé, et on le comprend. Il s'efforce de le venger. À son tour, il se rue si farouchement sur eux et les malmène si sauvagement
qu'ils ne cherchent même plus à se défendre et
qu'ils demandent grâce. L'aide apportée par le
lion fut décisive mais la bête gémissait de dou-

leur. Elle devait être dans une grande détresse
car elle portait deux plaies. Monseigneur Yvain
n'était pas indemne non plus ; il avait de nombreuses blessures sur tout le corps. Pourtant, il
était moins tourmenté par son propre état que
par la souffrance de son lion. Yvain avait, comme
il le souhaitait, délivré sa demoiselle. La dame
pardonna à cette dernière en oubliant généreusement sa rancœur. On brûla ensuite les faux
témoins sur le bûcher allumé pour Lunette. Il
est juste en effet que celui qui condamne autrui
à tort subisse la mort qu'il réservait à sa victime.
Lunette est heureuse et ravie d'être réconciliée
avec sa dame. Jamais on ne connut une telle joie.
Chacun voulut offrir ses services au champion,
selon l'usage, mais personne n'avait reconnu
Yvain, pas même la dame qui possédait son
cœur sans le savoir. Elle le pria de lui faire le
plaisir de séjourner chez elle jusqu'à sa guérison
et celle de son lion[1] : « Dame, répondit-il, je ne
peux pas rester ici aujourd'hui, tant que ma
dame n'aura pas oublié sa rancune et sa colère
envers moi. Alors seulement cesseront toutes
mes épreuves. — J'en suis vraiment désolée, fait-
elle. Je ne trouve guère courtoise la dame qui
vous en veut. Jamais elle n'aurait dû fermer sa

---

1. Le fait que Laudine ne reconnaisse point Yvain ici fait
penser au déguisement (assez cruel, il est vrai) de Tristan devant
Yseut, à la cour du roi Marc, dans les deux *Folies Tristan*.

porte à un chevalier de votre mérite à moins que
celui-ci n'ait trop mal agi envers elle. — Dame,
quoi qu'il m'en coûte, tout ce qui lui plaît me
plaît également mais ne me lancez pas dans une
longue discussion. Je ne dirai rien sur le délit et
son motif, sauf à ceux qui les connaissent. —
Quelqu'un le connaît donc, en plus de vous
deux ? — Oui, assurément, ma dame ! — Mais,
votre nom, s'il vous plaît, beau seigneur, dites-
le-nous et vous partirez quitte ! — Quitte, ma
dame ? Oh, non ! Je dois plus que je ne saurais
rendre. Toutefois, je ne vais pas vous cacher
comment je me fais appeler. Si vous entendez
parler du Chevalier au Lion, sachez que c'est
moi ! C'est le nom que j'ai choisi ! — Par Dieu,
cher seigneur, comment se fait-il que nous ne
vous ayons jamais vu et que votre nom nous soit
inconnu ? — Ma dame, cela signifie que ma réputation n'est pas bien grande[1] ! — J'insiste, dit
la dame derechef, si cela ne vous importune pas,
j'aimerais vous prier de rester parmi nous. — Je
ne saurais le faire sans être auparavant certain de
rentrer à nouveau dans les grâces de ma dame.
— Eh bien, adieu donc, cher seigneur ! Que
Dieu transforme votre peine et votre chagrin en
joie, si telle est sa volonté ! — Dame, puisse-t-il

1. Yvain, depuis sa maladie, ne cherche plus la renommée
mondaine, valeur on ne peut plus « arthurienne ». Il a appris sa
dure leçon.

vous entendre ! » Il ajouta à voix basse : « Ma
dame, vous emportez la clé de la serrure et l'écrin
où ma joie est enclose, et vous n'en savez rien ! »

Il s'en va très abattu. Personne ne l'a reconnu,
sauf Lunette qui l'a accompagné un certain
temps. Lunette est seule à le suivre. Il la prie en
chemin de ne jamais révéler le nom du champion
qui l'a défendue. « Seigneur, fait-elle, comptez
sur moi ! » Il lui fait ensuite cette autre prière :
qu'elle garde le souvenir et plaide la cause de
son champion auprès de sa dame si l'occasion
s'en présente. Elle lui demande de ne pas en
dire plus : elle ne l'oubliera jamais ; elle n'est ni
lâche, ni indolente. Yvain la remercie cent fois.
Puis il s'éloigne, accablé de pensées et inquiet
pour son lion qu'il doit porter car l'animal ne
peut plus marcher. Il lui confectionne une litière
avec son écu, de la mousse et de la fougère. Dès
que la couche est prête, il y étend son lion avec
une infinie douceur et le porte ainsi tout étendu
dans son écu retourné[1]. Toujours avec son lion,
il arrive devant la porte d'une très belle maison
forte. La trouvant fermée, il appelle le portier
qui lui ouvre sans qu'il ait besoin de renouveler

1. Le lion couché sur le bouclier d'Yvain suggère un emblème héraldique. Ce blason « vivant » d'Yvain préfigure le blason réel que les miniaturistes et la tradition iconographique lui
attribueront bientôt. Yvain possède en effet des armes « d'azur
au lion d'or » sur une fresque du château de Rodengo (Italie du
Nord) datant du XIIIᵉ siècle.

son appel. Tout en saisissant la bride de son cheval, le portier lui dit : « Cher seigneur, veuillez accepter le logis de mon maître, si toutefois il vous plaît d'y descendre. — J'accepte volontiers, répond-il, car j'en ai grand besoin et il est temps que je trouve un gîte. »

Il franchit le seuil et vit tous les domestiques venir à sa rencontre. Ils le saluèrent et l'aidèrent à descendre. Les uns placèrent sur un perron l'écu où se trouvait le lion et les autres s'occupèrent du cheval pour l'installer dans une écurie. Les écuyers, selon leur office, s'occupèrent de ses armes. Quand le seigneur du château apprit son arrivée, il vint aussitôt dans la cour et salua son hôte. Sa dame le suivit ainsi que tous ses fils et filles. Beaucoup d'autres personnes encore lui souhaitèrent joyeusement la bienvenue. Le voyant bien mal en point, ils l'installèrent dans une chambre tranquille et se reprochèrent de voir coucher le lion en sa compagnie[1]. Deux jeunes demoiselles, expertes en médecine, les propres filles du seigneur, lui prodiguèrent des soins. Je ne sais pas combien de temps il y séjourna, mais Yvain et son lion furent bientôt guéris et s'apprêtaient déjà à repartir.

---

1. Les lois de l'hospitalité auraient exigé une chambre séparée pour les deux hôtes mais Yvain tient à son lion et ne veut pas en être séparé. Les domestiques respectent son désir. C'est aussi la preuve qu'ils considèrent le lion comme un être humain.

Entre-temps, il advint que le seigneur de Noire Épine[1] eut maille à partir avec la Mort qui lui livra l'assaut final. Après sa mort, l'aînée de ses deux filles revendiqua pour elle tout le fief jusqu'à la fin de ses jours ; elle ne voulait pas le partager avec sa sœur. La cadette promit d'aller à la cour du roi Arthur pour chercher quelqu'un qui l'aiderait à défendre ses droits sur cette terre[2]. Aussi, quand l'aînée comprit que sa sœur ne lui laisserait pas le fief sans chicane, elle manifesta beaucoup d'inquiétude. Elle se dit prête à faire tout son possible pour arriver la première à la cour.

Elle se prépara aussitôt et, sans faire d'étape, arriva à la cour. Sa sœur la suivit et se dépêcha autant qu'elle put mais dépensa ses pas en vain, car l'aînée avait déjà passé un accord avec monseigneur Gauvain qui avait accédé à sa demande. Il y avait toutefois une condition à ce pacte : si elle révélait leur entente à quiconque, plus jamais il ne prendrait les armes pour elle. Elle accepta cette condition.

---

1. Le seigneur de Noire Épine n'est pas connu par ailleurs dans les romans arthuriens mais il existe un *Lai de l'Épine* qui atteste l'importance de cet arbuste dans la tradition celtique.
2. Dans l'univers médiéval, le droit d'aînesse est une réalité. La totalité de l'héritage revient à l'aîné(e). Mais la cadette a quand même raison de se sentir spoliée, car la coutume prévoyait pour elle une sorte d'indemnité, une part d'héritage ou une dot.

L'autre sœur arriva à la cour, vêtue d'un
court manteau d'écarlate fourré d'hermine.
Cela faisait trois jours que la reine était revenue
de la prison où Méléagant l'avait retenue avec
les autres captifs. Victime d'une trahison, Lancelot était resté dans la tour[1]. Le jour même où
la jeune fille arriva à la cour, on apprit l'histoire
du géant félon et cruel que le Chevalier au Lion
avait tué en combat singulier. Les neveux de
monseigneur Gauvain avaient transmis à leur
oncle les salutations du Chevalier au Lion. Sa
nièce lui avait raconté le grand service que le
chevalier leur avait rendu par amour pour leur
oncle ; le chevalier avait ajouté qu'il connaissait
bien Gauvain, quoique celui-ci ignorât son
identité.

Ces paroles parvinrent aux oreilles de la pauvre
jeune fille, tout éperdue, accablée de pensées
et désemparée. Elle ne pensait trouver aucun
conseil ni aucune aide à la cour puisque le
meilleur des chevaliers lui échappait ; elle avait à
maintes reprises, avec douceur ou par des implorations, supplié monseigneur Gauvain mais celui-
ci répondit : « Amie, vos prières sont inutiles. Il
m'est impossible de vous donner satisfaction. Je

---

1. Nouvelle allusion à *Lancelot* : libérée par Lancelot, Guenièvre
est de retour à la cour d'Arthur alors que son amant, fait prisonnier par Méléagant grâce à une ruse, demeure enfermé dans une
tour.

me suis engagé dans une autre affaire que je ne
peux pas abandonner. » La jeune fille le quitta
aussitôt et vint trouver le roi : « Sire, dit-elle, je
viens vers toi. Je viens quérir de l'aide à ta cour.
Je n'en trouve pas et m'étonne de n'avoir aucun
soutien. Mais je commettrais une impolitesse de
ne pas prendre congé de toi. Que ma sœur sache,
de toute manière, qu'elle pourrait obtenir un
arrangement à l'amiable, si elle le souhaitait, mais
jamais je ne lui laisserai mon héritage. Je m'y
opposerai de toutes mes forces, même sans
appui ni conseil d'aucune sorte. — Vous parlez
avec sagesse, dit le roi. Et puisque votre sœur
est ici, je lui conseille et je la prie de vous laisser
ce qui vous appartient de droit. » Et l'aînée qui
se targuait de l'appui du meilleur chevalier au
monde répondit : « Sire, que Dieu me confonde
si je lui abandonne une partie de ma propriété,
un château, une ville, un essart, un bois, une
plaine ou autre chose encore. Mais si un chevalier, quel qu'il soit, ose prendre les armes pour
défendre sa cause, alors qu'il se présente sans
tarder ! — Votre proposition n'est pas conve-
nable, fait le roi. Il faut lui laisser un délai plus
important. Si elle le veut, elle a au moins quarante jours pour défendre ses droits devant
toutes les cours de justice. — Sire, répondit
l'aînée, vous établissez vos lois comme bon vous
semble et il ne m'appartient pas de contester

vos décisions. Il faut que j'accepte ce délai, si
votre loi l'exige. » La cadette lui dit que tels
étaient son désir et sa requête. Elle recommanda
le roi à Dieu et quitta la cour. Elle passera, s'il
le faut, le reste de sa vie à chercher sur toute la
terre le Chevalier au Lion qui ne ménage pas sa
peine pour secourir celles qui ont besoin d'aide.

C'est ainsi qu'elle commença sa quête et
qu'elle traversa maintes régions sans recueillir la
moindre nouvelle. Son immense chagrin la fit
tomber malade. Mais ce malheur n'en fut pas
vraiment un puisqu'elle arriva chez un de ses
amis intimes. On remarqua très vite à son visage
qu'elle n'était pas en bonne santé. On la garda
donc au repos jusqu'à ce qu'elle racontât son
aventure. Une autre jeune fille continua le
voyage qu'elle avait commencé. Elle poursuivit
la quête à sa place tandis que la malade se reposait. La jeune fille voyagea pendant toute une
journée, toute seule et à vive allure jusqu'à la
nuit tombante. L'obscurité suscita son anxiété.
Sa frayeur redoubla parce qu'il pleuvait en
abondance, ainsi que Notre Seigneur le décide
parfois. Elle se trouvait alors au plus profond
d'un bois. La nuit et le bois l'effrayaient ; la
pluie l'inquiétait encore davantage que la nuit et
le bois. Le chemin était si mauvais que son cheval
s'enfonçait dans la boue à peu près jusqu'aux
sangles. Une jeune fille sans escorte dans un bois,

prise dans le mauvais temps et surprise par une
nuit noire, ne pouvait manquer d'être angoissée.
La nuit était si noire qu'elle ne voyait même pas
son propre cheval. Elle invoqua sans cesse Dieu
le Père tout d'abord, puis sa mère[1], puis tous les
saints et toutes les saintes. Elle récita maintes
oraisons pour que Dieu lui trouvât un logis et
pour qu'il la sortît de ce bois. Elle pria si bien
qu'elle entendit le son d'un cor qui la réjouit
fort. Elle pensa avoir enfin trouvé un logis.
Pourvu au moins qu'elle y parvienne ! Elle prit
cette direction et suivit un chemin qui la mena
directement vers le cor dont elle entendait le
son. À trois reprises et de manière prolongée, le
cor retentit fortement. En continuant tout droit,
elle arriva près d'une croix plantée à droite de
la chaussée. Elle pensait que le sonneur du cor
se trouvait à cet endroit. Elle éperonna son cheval et approcha d'un pont. C'est là qu'elle aperçut les murs blancs et la barbacane d'un châtelet
rond. Elle y était arrivée par hasard, s'orientant
au son du cor. Cette sonnerie provenait d'une
sentinelle postée sur les remparts. Dès que le
gardien aperçut la jeune fille, il la salua, descendit des remparts, prit la clé de la porte et lui
ouvrit en disant : « Bienvenue à vous, demoi-

---

1. Il est certainement question ici de la Sainte Vierge, non pas
de la mère de la jeune fille.

selle, qui que vous soyez ! Vous aurez ici un
bon logis pour cette nuit ! — Je ne demande
rien d'autre pour ce soir », répondit la jeune fille.
Le veilleur l'emmena à l'intérieur. Après tous les
tourments et les fatigues de la journée, ce gîte
était le bienvenu car elle y fut fort bien traitée.

Après le souper, son hôte engagea la conversation et lui demanda où elle allait et qui elle
cherchait. Elle lui répondit : « Je cherche un
chevalier que je n'ai jamais vu ni connu. Il est
accompagné d'un lion et l'on m'a dit que, si je
le trouvais, je pourrais me fier entièrement à
lui. — Moi-même, répondit son hôte, je peux
témoigner sur lui. J'étais en effet dans une
grande détresse quand Dieu me l'envoya récem-
ment. Bénis soient les sentiers qu'il emprunta
pour venir jusque chez moi ! Il m'a vengé en
effet d'un ennemi mortel et m'a comblé de joie
en le tuant sous mes yeux. Demain, devant la
porte, vous pourrez voir le cadavre d'un grand
géant qu'il a tué si vite qu'il n'a même pas eu le
temps de transpirer. — Par Dieu, seigneur, dit
la jeune fille, dites-moi la vérité ! Savez-vous
où il est parti et où il a pu séjourner ? — Non !
Dieu en est témoin, mais je vous ferai emprun-
ter le chemin qu'il a dû suivre. — Puisse Dieu
me mener là où on m'apprendra de ses nouvelles ! Si je le trouve, ma joie en sera
immense. »

Leur conversation s'éternisa, jusqu'au moment du coucher. Au point du jour, la demoiselle se leva. Elle était impatiente de retrouver celui qu'elle cherchait. Le seigneur du château se leva, lui aussi, ainsi que ses compagnons. Ils la mirent sur le bon chemin : celui qui conduisait à la fontaine sous le pin. Elle prit la direction du château et demanda aux passants s'ils pouvaient lui donner des nouvelles du chevalier et de son lion, les deux compagnons inséparables. Ils lui répondirent qu'ils les avaient vus vaincre trois chevaliers, juste à cet endroit. « Par Dieu, ne me cachez rien si vous savez autre chose. Vous m'en avez déjà dit beaucoup ! — Nous ne savons rien de plus. Nous ignorons ce qui lui est arrivé. Si celle pour qui il est venu ne vous apprend rien à son sujet, alors personne d'autre ne pourra le faire. Si vous voulez parler à cette demoiselle, inutile d'aller plus loin. Elle est entrée dans cette église pour entendre la messe et prier Dieu. Cela fait longtemps qu'elle y est ; ses prières ont dû se prolonger. »

À ces mots, Lunette sortit de l'église : « La voici ! » s'écrièrent-ils. La jeune fille s'avança vers Lunette. Elles se saluèrent. L'étrangère posa toutes les questions qui la tourmentaient. Lunette répondit qu'elle allait faire seller un de ses palefrois, car elle voulait l'accompagner et l'emmener près d'un plessis jusqu'où elle avait convoyé le chevalier. La jeune fille remercia Lunette de tout cœur. Le palefroi ne tarda pas ; on le lui amena et elle monta en selle. Pendant la chevauchée, Lunette raconta comment on l'avait accusée de trahison, comment on avait préparé un bûcher pour la brûler et comment le chevalier était venu à son aide au moment où elle en avait le plus besoin. Tout en parlant, elle l'amena vers le chemin où monseigneur Yvain l'avait quittée. Après l'avoir escortée jusque-là, elle lui dit : « Suivez ce chemin jusqu'à ce que l'on vous donne quelque part des nouvelles du chevalier, s'il plaît à Dieu et au Saint-Esprit, afin d'en savoir plus que je n'en sais moi-même. Je me souviens seulement de l'avoir quitté près d'ici ou ici même. Nous ne nous sommes pas revus depuis et je ne sais pas ce qu'il a pu faire durant tout ce temps, car il avait grand besoin d'onguent quand il me quitta. C'est par ici même que je vous envoie sur ses traces. Que Dieu vous accorde de le retrouver sain et sauf, aujourd'hui plutôt que demain ! Partez donc, je vous recommande à Dieu. Je n'ose pas vous accompagner plus loin : ma dame pourrait m'en tenir rigueur. » Alors, elles se séparèrent : l'une s'en retourna et l'autre s'en alla ; celle-ci parvint à la maison où monseigneur Yvain avait passé sa convalescence. Il y avait du monde devant la porte : des dames, des chevaliers et des domestiques ainsi que le maître

des lieux. Elle les salua et leur demanda s'ils
savaient quelque chose et s'ils pouvaient la ren-
seigner sur le chevalier qu'elle recherchait. « Il a
la particularité de ne jamais quitter son lion, ai-je
entendu dire ! — Par ma foi, mademoiselle, fait
le seigneur, il vient de nous quitter. Vous pouvez
le rattraper encore aujourd'hui, si vous ne perdez
pas ses traces, mais évitez de trop tarder ! —
Sire, répond-elle, que Dieu m'en garde ! Dites-
moi quelle direction je dois suivre. — Par ici,
tout droit ! » lui disent-ils en lui demandant de
transmettre leurs salutations. Mais cela ne servit
pas à grand-chose car elle ne s'en souciait guère.
Elle s'élança au grand galop ; l'amble ne lui pa-
raissait pas assez rapide, malgré l'allure sou-
tenue de son palefroi. À force de galoper dans
la boue et sur des pistes en meilleur état, elle finit
par apercevoir le compagnon du lion. Elle laissa
éclater sa joie et dit : « Dieu me protège ! Je
trouve enfin celui que j'ai tant cherché. J'ai parfaitement suivi ses traces, mais à quoi m'auront
servi cette poursuite et cette rencontre si je ne le
ramène pas avec moi ? À rien ou à peu de chose
en vérité ! S'il n'accepte pas de m'accompagner,
alors j'aurai gaspillé mes efforts. » Tout en parlant ainsi, elle se hâta jusqu'à faire ruisseler son
palefroi de sueur. Elle s'arrêta et salua le chevalier. Il lui répondit aussitôt : « Que Dieu vous
protège, ma toute belle, et qu'il vous ôte soucis

et tracas ! — Vous de même, seigneur, en qui
j'espère trouver un soulagement à ces ennuis ! »
Elle vint à ses côtés et lui dit : « Seigneur, je suis
venue vous chercher. Votre insigne prestige m'a
incitée à suivre votre trace et m'a fait traverser
bien des contrées. Je vous ai tant cherché, Dieu
merci, que j'ai fini par vous rejoindre ici. Si cela
m'a valu des moments pénibles, je ne m'en chagrine nullement, je ne m'en plains et ne m'en
souviens même pas. Mes membres se sont allé-
gés ; ils ont oublié leur douleur dès que je vous
ai rejoint. L'affaire qui m'amène ne me concerne
pas. Celle qui m'envoie vers vous vaut bien
mieux que moi : elle me surpasse en noblesse et
en mérite mais, si elle ne peut pas compter sur
vous, alors votre renommée l'aura trahie. Cette
demoiselle doit défendre sa cause contre une
sœur qui l'a déshéritée ; elle n'attend une aide
que de vous seul ; elle ne souhaite l'assistance
de personne d'autre. Il est impossible de la persuader que quelqu'un d'autre pourrait l'aider.
De plus, sachez bien que si vous remportez la
victoire, vous aurez reconquis et restauré le prestige de la déshéritée et vous aurez accru votre renommée. Pour défendre son héritage, elle a
voulu partir elle-même à votre recherche, à cause
de tout le bien qu'elle espérait de vous. Personne
d'autre qu'elle ne serait venu vous trouver, mais
une forte indisposition l'en a empêchée et l'a

contrainte à garder le lit. Répondez-moi, s'il vous plaît : osez-vous venir la défendre ou préférez-vous vous reposer ? — Je n'ai cure de me reposer, fait-il. Nul ne peut tirer profit de cette situation. Je ne me reposerai pas et je vous suivrai volontiers, douce amie, là où il vous plaira. Et si celle qui vous envoie a vraiment grand besoin de moi, ne vous désespérez pas ! Je ferai tout mon possible pour réussir. Que Dieu me donne le courage et la grâce de défendre, pour son bonheur, le bon droit de la malheureuse. »

Ils chevauchèrent ainsi tous les deux en parlant et approchèrent du château de la Pire Aventure[1]. Ils ne cherchèrent pas à aller plus loin car la nuit tombait. Tandis qu'ils approchaient du château, les gens qui les voyaient venir s'adressèrent d'une seule voix au chevalier : « Vous n'êtes pas le bienvenu, seigneur, vous n'êtes pas le bienvenu. On vous a indiqué ce logis pour votre malheur et pour votre honte. Un abbé pourrait le jurer ! — Ah, fait-il, folle et abjecte piétaille, engeance pleine de méchanceté et coupable de toutes les démissions ! Pourquoi m'avez-vous accueilli de la sorte ? — Pourquoi ? Vous le saurez bientôt si vous faites un pas de plus ! Mais vous ne l'ap-

1. L'épisode qui va suivre a été l'objet de maints commentaires : il révèle un Yvain fidèle à lui-même, c'est-à-dire impétueux et passionné, en même temps qu'il s'est perfectionné en courtoisie et en charité, pour l'amour de sa dame.

prendrez vraiment que lorsque vous serez entré dans cette haute forteresse. » Alors monseigneur Yvain se dirigea vers la tour et les gens s'écrièrent d'une voix forte : « Hou ! Hou ! Malheureux ! Où vas-tu ? Si tu as jamais rencontré dans ta vie la honte ou l'humiliation, apprête-toi, là où tu vas, à en être accablé au point de ne plus pouvoir en parler par la suite ! — Engeance sans honneur et sans générosité, fait monseigneur Yvain qui les écoute, engeance importune, engeance insolente ! Pourquoi un tel assaut ? Pourquoi un tel accueil ? Que me demandes-tu ? Que me veux-tu pour me houspiller de la sorte ? — Ami, tu te fâches inutilement, lui dit une dame d'un certain âge mais très courtoise et sage. On ne te parle pas en mal mais on t'avertit plutôt de ne pas te loger là-bas. À toi d'en tirer les conséquences ! Nul n'ose te révéler le pourquoi de l'affaire, mais ces avertissements et ces interpellations sont destinés à te faire peur. Tous ceux qui viennent ici entendent le même discours et sont incités à repartir. La coutume ici nous interdit, quoi qu'il advienne, d'héberger un chevalier étranger. Maintenant, à toi de décider ! Personne ne t'interdit de passer ; si tel est ton désir, alors monte là-haut ! Mais, à mon avis, tu feras demi-tour. — Dame, votre conseil, si je le suivais, pourrait me rapporter honneur et profit mais j'ignore où je pourrais trouver un

gîte pour ce soir. — Par ma foi, fait celle-ci, je
me tais car cela ne me regarde pas. Allez où
bon vous semble ! Cependant, cela me ferait
très plaisir de vous voir revenir de là-bas sans
trop d'humiliations, mais cela n'arrivera pas. —
Dame, fait-il, que Dieu vous en soit reconnaissant ! mais le délire de mon cœur[1] m'attire là-
bas : je ferai donc ce que mon cœur désire. »
Aussitôt, il se dirigea vers la porte avec son lion
et la jeune fille. Le portier l'interpella et lui dit :
« Venez ! Venez vite ! Vous voilà arrivé dans un
endroit où l'on saura vous retenir ! Ne soyez
pas le bienvenu ici ! »

Le portier l'incitait ainsi à monter mais l'invi-
tation était fort déplaisante. Monseigneur Yvain
restait silencieux ; il passa devant lui et arriva
dans une vaste salle, très haute et toute neuve. Il
se trouvait devant un préau enclos de gros
pieux, ronds et pointus. Entre les pieux, il vit
jusqu'à trois cents jeunes filles attelées à divers
ouvrages. Elles tissaient des fils d'or et de soie,
chacune de son mieux, mais un absolu dénue-
ment empêchait la plupart de porter une coiffe

---

1. Ce que vient de dire la dame est raisonnable, Yvain le
reconnaît ; il choisit néanmoins d'obéir à ce que lui dicte son
cœur « fou », pour insensé que cela puisse paraître. Chez Chrétien comme chez d'autres romanciers du Moyen Âge, le débat du
cœur et de la raison est chose classique ; on pense naturellement
au débat intérieur de Lancelot devant la charrette d'infamie. Ici,
le choix des mots montre qu'Yvain commence à se connaître.

ou une ceinture. À la poitrine et aux coudes,
leurs cottes étaient déchirées ; leurs chemises
étaient souillées dans le dos. La faim et la détresse avaient amaigri leur cou et rendu leur visage livide. Il les vit comme elles le virent ; elles
baissèrent la tête et pleurèrent ; elles demeu-
rèrent ainsi un long moment car elles n'avaient
plus de goût à rien. Leurs yeux restaient comme
fixés au sol tant leur affliction était grande. Après
les avoir un peu regardées, monseigneur Yvain fit
demi-tour et revint vers la porte. S'élançant vers
lui, le portier lui cria : « Inutile de vous en aller,
beau sire ! Vous voudriez bien retourner dehors
à présent mais je vous jure sur ma tête que cela
ne sert à rien. Auparavant, il vous faudra subir
des avanies comme jamais plus vous n'en rece-
vrez de votre vie ! Vous n'avez pas fait preuve
d'une grande sagesse en venant ici. Il n'est plus
question pour vous de repartir ! — Ce n'est pas
mon intention, cher ami, fait-il, mais, dis-moi
plutôt, par l'âme de ton père, d'où viennent les
demoiselles que j'ai vues dans ce château, celles
qui tissent des étoffes de soie et d'orfroi[1] et dont
l'ouvrage me paraît si plaisant ? Ce qui n'est
guère plaisant en revanche, c'est la maigreur, la
pâleur et la souffrance qui émanent de leur corps
et de leur visage. Il me semble qu'elles seraient

1. Orfroi : bande d'étoffe brodée de fils de couleur ou d'or.

belles et élégantes si on leur accordait ce qui
leur fait plaisir ! — Il m'est impossible de vous
le dire ! Cherchez quelqu'un d'autre qui vous
l'apprenne ! — C'est ce que je ferai puisque je
n'ai pas le choix. » Il finit par retrouver la porte
du préau où les demoiselles travaillaient et il
s'avança vers elles. Il les salua toutes ensemble
et vit des larmes couler de leurs yeux. Il leur dit :
« Que Dieu consente à vous ôter du cœur et à
transformer en joie cette douleur dont j'ignore
la cause ! » L'une d'entre elles lui répond :
« Dieu vous entende, vous qui l'avez invoqué !
Vous pourrez aisément apprendre qui nous
sommes et de quel royaume nous venons si cela
vous intéresse. — Je ne suis pas venu pour
autre chose, répondit-il. — Seigneur, il y a très
longtemps, le roi de l'Île aux Pucelles[1] visitait des
cours royales et des pays en quête de nouveauté.
À force de voyager, ce fieffé naïf finit par s'ex-
poser ici-même au danger. C'est le malheur qui
l'a conduit ici, car c'est lui qui nous a plongées,
malheureuses que nous sommes, dans la honte
et la malédiction sans que nous les ayons méri-
tées. Une pénible humiliation vous attend, si l'on
ne consent pas à accepter votre rançon ! En tout
cas, mon seigneur arriva dans ce château où se

---

1. L'Île aux Pucelles paraît être une cité féerique (et imaginaire) de l'autre monde celtique.

trouvent deux fils du diable — et ce n'est pas
une fable ! —, car ils sont nés d'une femme et
d'un netun[1]. Ces deux créatures durent combattre contre le roi qui n'était pas à la hauteur de
cette épreuve : il n'avait pas dix-huit ans ! Ils
pouvaient le pourfendre comme un tendre
agnelet. Le roi terrorisé se tira comme il put de
cette affaire. Il jura qu'il enverrait ici, chaque
année, tant qu'il serait en vie, trente jeunes filles
de son royaume. Ce tribut lui permit de s'acquitter. Il était entendu également, au moment
du serment, que ce tribut ne prendrait fin qu'avec
la mort des deux démons. Le jour où ils seraient
battus et vaincus dans un combat, le roi serait
également quitte de cet impôt et nous serions
délivrées, nous qui sommes plongées dans la
honte, la souffrance et la détresse. Jamais nous
n'aurons le moindre plaisir. Parler de déli-
vrance est une profonde ineptie car jamais nous
ne sortirons d'ici. Toujours nous tisserons des
étoffes de soie et nous n'en sommes pas mieux
vêtues pour autant. Toujours nous serons pauvres et nues, toujours nous aurons faim et soif ;
jamais nous ne parviendrons à nous procurer
plus de nourriture. Nous avons fort peu de pain

---

1. *Netun* (peut-être issu du latin *Neptunum* ou d'un théo-
nyme celtique analogue) désigne différentes sortes de démons. Le
noton mythologique se prolonge dans le folklore sous la forme
du *nuiton* ou *luiton*, autrement dit le lutin.

à manger, très peu le matin et le soir encore
moins. Du travail de ses mains, chacune n'obtiendra, en tout et pour tout, que quatre deniers
de la livre. Avec cela, impossible d'acheter
beaucoup de nourriture et de vêtements, car
celle qui gagne vingt sous par semaine est loin
d'être tirée d'affaire. Et, soyez assuré qu'aucune
de nous ne rapporte vingt sous ou plus[1]. Il y
aurait là de quoi enrichir un duc[2] ! Nous, nous
sommes dans la pauvreté et celui pour qui nous
peinons s'enrichit de notre travail. Nous restons éveillées pendant la plus grande partie de
nos nuits et toute la journée pour rapporter encore plus d'argent car il menace de nous mutiler si nous nous reposons ; c'est la raison pour
laquelle nous n'osons prendre de repos. Que
vous dire d'autre ? Nous subissons tant d'humiliations et de maux que je ne saurais vous en
raconter le cinquième. Mais une chose nous révolte surtout : plus d'une fois, nous avons vu
mourir de jeunes et preux chevaliers lors de
leur combat contre les deux démons. Ils ont
payé fort cher leur gîte, tout comme vous,

1. Il faut 20 sous pour faire une livre et 12 deniers pour faire
un sou. Les trois cents tisseuses rapportent donc 300 livres par
semaine à leur maître qui ne leur restitue que 100 sous. Ainsi, leur
travail rapporte soixante fois plus à leur maître qu'à elles-mêmes.
2. Que de jeunes demoiselles « courtoises » se trouvent dans
la nécessité de parler ainsi d'argent contribue à souligner la dégradation dans laquelle elles sont tombées.

demain, qui serez seul à devoir affronter, de
gré ou de force, les deux diables vivants et perdre votre renom. — Que Dieu, le vrai roi des
cieux, m'en défende, fait monseigneur Yvain,
et qu'il vous rende honneur et joie, si telle est
sa volonté. À présent, je dois aller trouver les
gens qui sont là-dedans et connaître quel accueil
ils me réservent. — Allez-y, mon seigneur, que
le grand dispensateur de tous les biens vous
protège ! »

Yvain arriva dans la grande salle du château.
Il n'y trouva personne à qui parler. Après avoir
traversé toute la maison, Yvain et sa suite arrivèrent dans un verger sans que personne ne leur
proposât de prendre en charge leurs chevaux.
Qu'importe ! Ceux qui finalement les bichon-
nèrent pensaient en hériter mais ils prenaient
leurs désirs pour des réalités car les montures
appartenaient à leurs maîtres qui étaient toujours
en vie. Les chevaux avaient de l'avoine, du foin
et de la litière jusqu'au ventre. Monseigneur
Yvain pénétra alors dans le verger suivi de sa
petite compagnie. Il aperçut un homme riche-
ment vêtu, appuyé sur son coude[1] et allongé sur

---

1. La joue posée sur la main est l'attitude emblématique de
l'ennui, de la méditation douloureuse et mélancolique. C'est
aussi le geste du deuil, de la déploration et du désespoir. Le seigneur de la Pire Aventure s'affirme ainsi comme un être abandonné à des sentiments suspects auxquels Yvain opposera la
force du bien.

un drap de soie. Devant lui, une jeune fille[1] lisait
un roman[2] dont j'ignore le sujet. Une dame était
venue s'accouder près d'eux pour écouter le
roman. C'était la mère de la jeune fille, alors que
l'homme était son père. La voir et l'entendre leur
causaient une immense joie ; c'était en effet leur
fille unique ; elle n'avait pas seize ans et était
si belle, si distinguée, que le dieu Amour, s'il
l'eût aperçue, se serait appliqué à la servir et
l'aurait réservée pour lui-même. Pour la servir,
il aurait pris une apparence humaine et renoncé
à son état de dieu. Il se serait envoyé à lui-même
la flèche dont la blessure ne saigne pas sauf
lorsqu'elle n'est pas soignée par un médecin as-
tucieux. Nul n'a le droit d'en guérir tant que
l'artifice n'a pas agi et celui qui en guérit d'une
autre manière n'est pas un amant loyal. Que
vous dire encore sur cette plaie ? Je pourrais vous
parler à l'infini de cette plaie, si cette histoire

1. Cette charmante et docte demoiselle de seize ans, que
Cupidon lui-même serait fier de servir, et qui remplit tous les
devoirs d'une jeune fille bien élevée, ne se montrera point indif-
férente au charme chevaleresque d'Yvain. Elle voudra l'épouser.
Ne trouve-t-on pas chez elle un écho de la belle et savante Héloïse,
amante et épouse d'Abélard, le clerc parfait ? Que Chrétien,
associé à Troyes par son nom, c'est-à-dire une ville située à
quelques kilomètres de l'abbaye du Paraclet (où Abélard fut en-
terré en 1142, puis Héloïse en 1164), n'ait pas connu la célèbre
histoire d'Héloïse et Abélard (autre impétueux comme Yvain !)
paraît peu vraisemblable.
2. « Roman » est employé ici au sens spécifique de « récit en
français ».

vous plaisait, mais on aurait tôt fait de me reprocher mes rêvasseries. Aujourd'hui, en effet, les
gens ne sont plus amoureux, ils n'aiment plus
comme jadis ; ils ne veulent même plus entendre
parler d'amour[1]. Mais écoutez plutôt de quelle
manière monseigneur Yvain est hébergé, quel
visage on lui fait et quel accueil on lui réserve !
Ceux qui se trouvaient dans le verger se levèrent
à son arrivée et, dès qu'ils l'aperçurent, ils lui
dirent : « Or ça, cher seigneur, soyez béni, vous
et vos proches, par le Verbe et les œuvres de
Dieu ! » J'ignore s'ils veulent l'abuser, mais leur
accueil est chaleureux et ils manifestent leur joie
en lui procurant un hébergement confortable. La
fille du seigneur, elle-même, offrit ses services et
manifesta à Yvain de grands égards, comme
c'était l'usage pour un hôte de marque. Elle lui
enleva ses armes et, comme si cela ne suffisait
pas encore, elle lui lava le cou et le visage de ses
propres mains. Son père voulait qu'on manifes-
tât à l'invité les plus éminentes marques d'honneur ; c'est précisément ce qu'elle fit. Elle sortit
de son coffre une chemise plissée et des braies
blanches ; elle lui passa puis, avec du fil et une

1. Le narrateur revient au contraste, établi une première fois
au début d'*Yvain*, entre les gens d'aujourd'hui et ceux d'autrefois
qui, eux, savaient l'art d'aimer. Une fois de plus, il fait précéder
son récit de ce qui se passe (ici, il s'agit de l'hébergement d'Yvain)
d'un jugement plus ou moins juste.

aiguille, lui cousit ses manches[1]. Pourvu que
Dieu ne fasse pas payer trop cher à Yvain les
égards et le dévouement qu'on lui manifestait !
Elle lui fit passer par-dessus la chemise un surcot neuf. Elle lui agrafa au cou un manteau
d'écarlate fourré sans taillades[2]. Yvain était
confus du dévouement de la jeune fille à son
égard. Il était fort ennuyé mais la jeune fille fit
preuve de tant de courtoisie, de noblesse et
d'élégance qu'elle croyait faire trop peu pour
lui. Elle savait pourtant que sa mère l'approu-
vait de faire à sa place tout ce qui pouvait flatter
leur hôte. Le soir, au souper, il y eut surabon-
dance de plats. Les domestiques chargés du service en eurent vite assez. À la nuit tombée, on fit
encore fête à Yvain et on l'installa confortable-
ment dans sa chambre. Plus personne ne le dérangea ensuite dans son lit. Le lion couchait à
ses pieds, comme d'habitude. Le matin, quand
Dieu eut rallumé son luminaire sur le monde, le

1. Au Moyen Âge, les manches étaient détachées du reste de
la chemise (de fabrication fine) et on les cousait chaque fois que
l'on portait ce vêtement.
2. Ces vers contiennent plusieurs allusions à la mode vesti-
mentaire de la seconde moitié du XIIe siècle. *Le vair*, « fourrure
grise, de petit-gris » et l'étoffe de grand luxe faisaient partie de
l'habillement courtois. Quant à l'importance de bien s'habiller,
voir les conseils du dieu d'Amour au jeune Amant du *Roman de
la Rose* par Guillaume de Lorris. Remarquons enfin que ces vers
d'*Yvain* rappellent le passage où Lunette affuble notre jeune protagoniste de beaux vêtements tout neufs avant de le présenter à
Laudine (p. 89).

plus tôt qu'il pût selon sa sagesse éternelle, monseigneur Yvain et la jeune fille qui l'accompagnait se levèrent fort rapidement. Dans une
chapelle, ils assistèrent à une messe en l'honneur du Saint-Esprit.

Après la messe, monseigneur Yvain, qui pensait s'en aller sans encombre, apprit une nouvelle
fort désagréable. En effet, on ne lui donna pas
le choix. Quand il dit : « Seigneur, je m'en vais,
avec votre permission », le maître de céans lui
répondit : « Ami, je ne peux vous autoriser à
partir pour l'instant et cela pour une bonne raison : dans ce château a été établie une très cruelle
et très diabolique coutume que j'ai l'obligation
de maintenir. Je vais convoquer ici deux de mes
hommes très grands et forts ; contre eux deux,
de gré ou de force, il vous faudra prendre les
armes. Si vous pouvez leur résister, les vaincre
et les tuer tous les deux, ma fille souhaitera vous
prendre pour époux et ce château vous appartiendra, avec tout ce qui en dépend. — Seigneur,
fait Yvain, je n'ai aucune prétention sur vos biens.
Que Dieu m'en refuse la moindre part obtenue
dans ces conditions et gardez votre fille !
L'empereur d'Allemagne serait bien inspiré de
la prendre pour épouse car elle est très belle et
d'une parfaite éducation. — Taisez-vous, cher
hôte, lui dit le seigneur. Je n'ai cure de vos

arguments. Vous ne pouvez pas vous dérober à cette coutume. Celui qui pourra vaincre mes deux champions obtiendra mon château et la main de ma fille, ainsi que toutes mes terres. La bataille ne saurait être esquivée ni différée. Votre poltronnerie, je le sais, vous fait refuser ma fille parce que vous pensiez comme cela esquiver le combat mais, sachez-le, immanquablement, il vous faudra combattre. Aucun chevalier qui bénéficie de notre hospitalité ne peut y échapper, sous quelque prétexte que ce soit ! C'est une coutume bien établie appelée à durer longtemps encore : ma fille ne sera pas mariée tant que je ne verrai pas mes deux champions morts ou vaincus. — Alors, il me faut combattre mais c'est bien malgré moi. Je m'en serais passé bien volontiers, je vous l'assure. Je participerai à ce combat qui ne peut attendre mais cela m'ennuie profondément. » C'est alors qu'arrivèrent, hideux et noirs, les deux fils du netun. Chacun portait un bâton cornu de cornouiller[1], renforcé de cuivre et entouré de fils de laiton. Leur armure

---

1. La précision du cornouiller n'est pas gratuite. Cette espèce d'arbre était jadis connue des sorciers pour ses propriétés magiques. De vieilles traditions indiquent en effet que les tiges du cornouiller peuvent inoculer une nouvelle fois la rage à une personne autrefois mordue par un chien enragé. On comprend mieux alors la menace de ces armes en cornouiller pour Yvain : en affrontant les deux géants, Yvain risque de retomber dans la « rage et la mélancolie ».

les recouvrait des épaules jusqu'aux genoux mais
leur tête et leur visage restaient découverts, de
même que leurs jambes nues qui n'étaient pas
grêles. C'est dans cette tenue qu'ils se présen-
tèrent ; ils tenaient au-dessus de la tête un écu
rond, robuste et léger pour le combat rapproché. En les voyant, le lion frémit car il comprit
très bien, à la vue des armes, que ces deux guer-
riers venaient combattre son maître. Son poil et
sa crinière se hérissèrent ; il trembla d'ardeur et
de fureur, battit le sol de sa queue. Il voulait
secourir son maître avant de le voir massacré. À
la vue du lion, les deux netuns s'écrièrent : « Vassal, éloignez votre lion qui nous menace, ou
alors avouez-vous vaincu ! Si ce n'est pas le cas,
nous vous l'affirmons, il vous faudra le mettre
en un lieu où il ne pourra ni vous aider ni nous
nuire. Vous seul devez vous amuser avec nous
car le lion vous aiderait volontiers, s'il le pouvait. — Si vous en avez peur, fait monseigneur
Yvain, emmenez-le vous-mêmes. Quant à moi,
j'aurais plaisir à le voir vous assaillir, si toutefois
il le peut, et je suis fort aise qu'il m'aide ! —
Vraiment, font-ils, il n'est pas question qu'il
vous aide. Faites du mieux que vous pouvez,
combattez seul et sans l'aide de quiconque.
Vous devez être seul contre nous deux. Si le
lion était avec vous pour nous affronter, vous ne

seriez pas seul ; nous serions deux contre deux.
Il vous faut donc, c'est ainsi, éloigner votre lion,
que cela vous plaise ou non ! — Où voulez-vous
qu'il aille ? demande Yvain. Où souhaitez-vous
que je le mette ? » Ils lui montrèrent une petite
chambre en lui disant : « Enfermez-le là-dedans !
— Comme vous voudrez ! »

Yvain conduisit le lion dans la chambre et
l'enferma. On partit ensuite lui chercher ses
armes afin qu'il puisse s'équiper. On lui amena
son cheval, on le lui remit et Yvain monta en
selle. Rassurés par l'absence du lion enfermé
dans la chambre, les deux champions assaillirent
Yvain pour le maltraiter et lui faire honte. Avec
leurs masses, ils lui assenèrent des coups contre
lesquels son écu et son heaume se révélèrent
inefficaces ! Leurs coups lui défoncèrent et lui
fracassèrent son heaume ; ils firent voler en éclats
son écu qui fondit comme de la glace. On aurait
pu passer ses poings dans les trous qu'ils y pra-
tiquèrent. C'étaient des coups très redoutables.
Et Yvain ? Comment s'y prit-il avec les deux
démons ? Excité par la honte et la peur, il se dé-
fendit de toutes ses forces. Il déploya toute son
énergie à frapper avec une rare violence. Il ne
leur fit pas de cadeaux et les remercia double-
ment de leur amabilité ! Toutefois, le lion enfermé dans la chambre concevait de l'inquiétude
et un réel malaise ; il se souvenait en effet de la

grande bonté de son maître qui aurait à présent
bien besoin de son aide et de ses services. Le
lion lui rendrait généreusement ce bienfait à
grands setiers et à grands muids, et il ne manque-
rait rien au compte s'il parvenait à s'échapper. Il
chercha dans tous les sens mais ne trouva pas la
moindre issue. À ses oreilles parvint le fracas du
sauvage et périlleux combat. Cela lui fit mal au
point d'exciter sa fureur et de le rendre fou. À
force de chercher, il se dirigea vers la porte,
toute pourrie vers le bas ; il l'arracha, se faufila
par-dessous et passa tout son corps jusqu'aux
reins. Fort éprouvé, monseigneur Yvain suait à
grosses gouttes. Il découvrait la force, la cruauté
et l'endurance des deux géants. Il avait encaissé
de nombreux coups qu'il rendait, le mieux qu'il
pouvait, mais il ne parvenait pas à leur infliger
la moindre blessure tant leur science du combat
rapproché était grande. Quant à leurs écus,
aucune épée n'aurait pu les entamer, si tran-
chante et acérée fût-elle. C'est pourquoi, monseigneur Yvain avait parfaitement raison de
craindre la mort. Il tint bon cependant jusqu'à
ce que le lion s'échappât de la chambre à force de
creuser sous la porte. Si les traîtres n'étaient pas
matés immédiatement, ils ne le seraient jamais.
Le lion ne leur accorderait aucune trêve tant
qu'il les saurait en vie. Il en saisit un et le jeta
à terre comme un mouton. Les deux bandits

peur. Aucun spectateur de la scène ne
dissimula sa joie. Le géant terrassé par le lion ne
se relèverait jamais sans le secours de son compagnon. Celui-ci s'élança alors, autant pour aider
son comparse que pour se défendre lui-même ;
il voulait empêcher le lion de l'assaillir, après
que la bête aurait achevé celui qui se trouvait
déjà à terre. Le géant craignait bien plus le lion
que son maître. Monseigneur Yvain serait bien
fou de laisser plus longtemps la vie sauve à celui
qui lui tournait le dos et lui montrait sa nuque à
découvert : l'occasion était trop belle ! Le bandit lui tendait sa tête nue et sa nuque s'offrait
à l'arme adverse. Yvain assena alors un coup
d'épée qui fit voler en l'air la tête du géant ; tout
cela en douceur, si bien que la victime n'en sut
rien. Il mit ensuite pied à terre pour sauver et
arracher l'autre géant des griffes du lion, mais
en vain, car aucun médecin n'arriverait à temps
pour soigner les horribles blessures infligées
par la bête. Yvain écarta l'animal et aperçut
l'épaule arrachée par son lion au buste du géant.
Il n'avait nullement peur de lui car le bâton du
netun se trouvait à terre. Le géant gisait à côté,
comme mort ; il ne bougeait plus du tout. Pourtant, il était encore en mesure de parler et dit,
avec bien du mal : « Éloignez votre lion de moi,
mon bon seigneur, s'il vous plaît, afin qu'il ne
m'attaque plus. Désormais, vous pouvez faire de

moi ce que bon vous semblera. Celui qui
demande et implore la pitié doit obtenir grâce à
l'instant même, à condition toutefois qu'il n'ait
pas affaire à un homme sans cœur. Quant à moi,
je ne me défendrai plus et je ne me relèverai
plus d'ici, même si j'en ai encore la force. Je
me soumets à votre volonté. — Est-ce que tu
t'avoues vaincu ? fait Yvain. Et déclares-tu forfait ? — Sire, cela y ressemble bien. Je suis
vaincu, bien malgré moi, et je refuse le combat,
je le reconnais. — Alors tu n'as plus rien à
craindre de moi et mon lion te respectera lui
aussi ! » Aussitôt, la foule s'empressa d'entourer
le vainqueur. Le seigneur et sa dame ne cachèrent
pas leur joie et l'embrassèrent ; ils lui parlèrent
de leur fille et lui dirent : « Vous serez notre
jeune seigneur et notre maître ; notre fille sera
votre épouse car nous vous accordons sa main.
— Eh bien moi, dit-il, je vous la rends. La
prenne qui veut ! Moi, je n'en ai cure. N'y voyez
aucune marque de dédain et que mon refus ne
vous chagrine pas car je ne peux ni ne dois accepter cette proposition. Toutefois, s'il vous plaît,
donnez-moi les prisonnières que vous détenez.
Il a été convenu, vous le savez bien, qu'elles
devaient repartir libres. — C'est vrai ! fait-il. Je
vous les rends et je les libère donc, car rien ne
s'y oppose plus. Mais ayez la sagesse de prendre
ma fille avec tous mes biens ; elle est si belle, si

riche et si intelligente. Nulle part ailleurs vous
ne trouverez un aussi beau parti ! — Sire, fait
Yvain, vous ne connaissez pas mes motifs, ni
l'affaire qui m'appelle, et je n'ose pas vous en
parler, mais sachez que je refuse ce que nul
n'oserait refuser, car chacun devrait consacrer
son cœur et ses pensées à une aussi belle et
séduisante jeune fille. J'accepterais volontiers de
la prendre si j'avais le droit de l'épouser, elle ou
une autre, mais c'est impossible — sachez-le !
— et ne m'ennuyez plus car la demoiselle qui
m'accompagne m'attend. Elle est restée en ma
compagnie et j'entends bien rester avec elle, quoi
qu'il advienne. — Vous voulez partir, seigneur ?
Que voulez-vous dire ? Jamais, sans un ordre ou
une décision de ma part, on ne vous ouvrira
ma porte. Vous resterez mon prisonnier. Quel
orgueil et quel mépris de dédaigner ainsi ma
fille quand je vous offre sa main ! — Du dédain,
seigneur ? Non point, par mon âme ! Je ne peux
pas épouser une femme ni rester ici de toute
manière. Je suivrai la jeune fille qui m'accompagne car il ne saurait en être autrement. Mais,
si tel est votre plaisir, je jurerai de la main
droite, et vous pouvez avoir confiance que, tout
comme vous me voyez maintenant, je reviendrai
ici, si je le puis, et j'épouserai ensuite votre fille
quand il vous plaira. — Malheur à celui qui
attend de vous parole, serment ou caution ! dit-

il. Si ma fille vous plaît, vous reviendrez vite ! Un serment ou une promesse ne vous feraient pas revenir plus tôt. Partez donc, car je vous tiens quitte de tout serment et de toute promesse. Peu m'importe si la pluie, le vent ou rien du tout vous retiennent ! Je ne méprise pas assez ma fille pour vous forcer à l'épouser. Vaquez à votre affaire ! Vous pouvez partir ou rester, cela m'est égal ! »

Monseigneur Yvain partit aussitôt. Il ne resta pas davantage dans le château et emmena avec lui les jeunes captives qu'il avait délivrées. Le seigneur les lui avait confiées, dénuées de tout et bien mal habillées, mais elles avaient à présent le sentiment d'être riches ; elles sortirent toutes du château, deux par deux, et précédèrent Yvain. Elles n'auraient pas fêté autant le Créateur s'il était descendu en personne sur la terre. Tous ceux qui avaient insulté Yvain venaient à présent solliciter sa pitié et son pardon. Ils l'escortaient de leurs excuses mais Yvain dit qu'il avait tout oublié : « Je ne sais pas de quoi vous parlez, leur dit-il, et je vous tiens quittes de tout. Vous n'avez jamais proféré envers moi de paroles outrageantes : je n'en ai pas le souvenir. » Ces propos les réjouirent et ils louèrent sa courtoisie. Après l'avoir longuement escorté, ils le recommandèrent à Dieu. Les jeunes filles lui demandèrent congé et s'en allèrent également. Au moment des adieux, elles s'inclinèrent devant

lui et formulèrent vœux et prières pour qu'il
obtienne du ciel joie et santé et pour que tout se
passe comme il le souhaitait, où qu'il allât. À son
tour, Yvain implora pour elles la grâce divine
et, comme il avait hâte de partir, il ajouta : « Allez ! et que Dieu vous reconduise chez vous
pleines de santé et de bonheur ! » Elles se mettent
aussitôt en route et s'éloignent, tout à leur joie.
Monseigneur Yvain prit rapidement la direction
opposée. Durant une semaine, il ne cessa de
cheminer à vive allure. Il suivit les indications
de la jeune fille qui connaissait très bien le chemin et l'endroit où elle avait laissé la cadette déshéritée, désemparée et désolée. Toutefois, dès
que celle-ci apprit l'arrivée de son envoyée et du
Chevalier au Lion, quelle ne fut pas la joie qui
remplit son cœur ! Elle s'imagina en effet que sa
sœur lui abandonnait une part de l'héritage
pour accéder à son désir. La jeune fille avait dû
garder le lit pendant longtemps ; elle venait
juste de se rétablir d'un mal qui l'avait beaucoup
affaiblie, comme on le voyait sur son visage. Elle
se précipita la première pour les accueillir ; elle
les salua et leur témoigna tous les égards. Inutile
d'évoquer la joie qui régna ce soir-là dans sa
demeure : on n'en soufflera mot car il y aurait
trop à dire ! Je vous fais grâce aussi de tout ce
qui arriva jusqu'au lendemain matin, lorsqu'ils
s'apprêtèrent à partir. Après leur chevauchée,

ils aperçurent un château où le roi Arthur avait séjourné quinze jours ou plus. La demoiselle qui voulait déshériter sa sœur s'y trouvait justement ; elle avait suivi la cour et attendait l'arrivée de sa sœur qui approchait de plus en plus. Pourtant, elle n'en éprouvait aucune inquiétude, car elle ne croyait pas qu'un quelconque chevalier puisse soutenir un combat face à Gauvain. Il ne restait plus qu'un seul jour sur les quarante assignés au délai. Elle aurait été juridiquement fondée à réclamer l'héritage pour elle seule si l'ultime journée était écoulée. Pourtant, il restait bien plus à faire qu'elle ne le croyait. Les voyageurs couchèrent cette nuit-là dans un modeste logis à l'extérieur du château où personne ne les reconnut. S'ils avaient couché au château, en effet, tout le monde les aurait identifiés et c'est justement ce qu'ils voulaient éviter. Le lendemain matin, avec beaucoup de précautions, ils sortirent, au point du jour, et se cachèrent jusque dans la matinée.

Nul ne savait depuis combien de jours Gauvain était parti et personne à la cour n'avait plus aucune nouvelle de lui, sauf la jeune fille pour qui il voulait combattre. Il se trouvait à trois ou quatre lieues de la cour ; il s'y présenta soudain dans un équipage qui empêcha tous ceux qui le connaissaient de le reconnaître à ses armes. La demoiselle, qui avait manifestement tort contre

sa sœur, le présenta à la cour en disant qu'il dé-
fendrait sa cause, totalement infondée d'ailleurs.
Elle s'adressa au roi : « Sire, l'heure avance. Bientôt, la neuvième heure sera passée et nous sommes
au dernier jour du délai fixé. Il est évident pour
tout le monde que je suis prête à défendre mon
bon droit. Si ma sœur devait revenir, elle n'aurait
guère de temps à perdre. Je loue le ciel qu'elle
ne soit pas encore de retour. Il est évident qu'elle
ne peut faire mieux ; elle s'est démenée pour
rien. Quant à moi, j'ai été prête tous les jours
jusqu'au dernier à soutenir mon bon droit. J'ai
obtenu gain de cause sans avoir eu recours au
combat ; il est donc parfaitement licite que je
m'en aille jouir en paix de mon héritage. De mon
vivant, je n'aurai aucun compte à rendre à ma
sœur. Quant à elle, il ne lui reste qu'à vivre dans
la détresse et le malheur. » Le roi savait très
bien que la jeune fille se rendait coupable d'une
grande injustice envers sa sœur ; il déclara alors :
« Amie, lors d'une cour royale, on doit patienter,
par ma foi, tant que le roi n'a pas levé la séance
et tant qu'il n'a pas rendu son jugement. Il n'est
pas encore temps de plier bagage car votre sœur
arrivera à temps, ainsi que je le pense. » À peine
avait-il parlé qu'il aperçut le Chevalier au Lion et
la jeune fille à ses côtés. Ils arrivaient tous les
deux seuls car ils s'étaient séparés du lion resté
dans leur gîte de la nuit.

En voyant la jeune fille, le roi eut tôt fait de la reconnaître. Il ne cacha pas son plaisir et sa satisfaction de la revoir. Dans l'affaire, il penchait en sa faveur parce qu'il était soucieux de justice. Tout joyeux, il lui dit sans attendre : « Avancez, belle ! et que Dieu vous protège ! » Quand l'aînée entendit ces mots, elle tressaillit puis se retourna. Elle vit alors que sa sœur avait amené un chevalier pour défendre sa cause. Son visage s'assombrit et prit un teint terreux. La jeune fille fut bien accueillie par tout le monde et se dirigea vers le roi. Devant lui, elle déclara : « Que Dieu protège le roi et sa maison ! Sire, si ma cause et mon bon droit peuvent être défendus par un chevalier, ce sera par celui qui — grâces lui soient rendues ! — m'a accompagnée jusqu'ici. Il avait fort à faire ailleurs, ce valeureux chevalier si bien né ! Pourtant, il a eu tellement pitié de moi qu'il a laissé tomber toutes ses autres affaires pour se consacrer à la mienne. Maintenant, ma dame, ma sœur bien-aimée que j'aime comme moi-même, ferait preuve de courtoisie et de bonté en respectant mes droits. Cela ramènerait la paix entre nous, car je n'exige pas une parcelle de son bien à elle ! — Moi non plus, fait-elle, je ne demande rien de ce qui t'appartient ! Tu n'as rien et tu n'auras jamais rien. Tu peux toujours prêcher, tes sermons ne rapportent rien. Il ne te restera bientôt plus que tes yeux pour

pleurer de désespoir ! » L'autre répliqua aussitôt
avec sa politesse, sa sagesse et sa courtoisie
accoutumées : « Vraiment, je suis peinée de voir
que deux chevaliers aussi valeureux vont se
combattre à cause de nous deux. Le différend
n'est pourtant pas si grand, mais je ne peux pas
renoncer purement et simplement à l'affaire car
ce serait pour moi une trop grande perte. Aussi,
je vous saurais gré si vous me remettiez ce qui
me revient de droit ! — Vraiment, fait l'autre, il
faudrait être sotte pour te répondre. Puissent le
feu et les flammes de l'enfer me consumer si je te
donne de quoi avoir une vie meilleure ! Avant
que cela n'arrive, on verra les rives du Danube
rejoindre celles de la Saône, à moins que le duel
ne tranche en ta faveur. — Que Dieu et mon
droit en qui je me fie depuis toujours et en qui
je me fierai toujours assiste le chevalier qui m'a
offert ses services au nom de l'amitié et de la
générosité qu'il me témoigne. Pourtant, il ne me
connaît pas et je ne le connais pas plus qu'il ne
me connaît ! »

Ces propos mirent fin à la discussion et les
deux sœurs amenèrent leurs champions devant
la cour. Toute la foule accourut comme le font
d'habitude les amateurs de duels et de beaux
coups d'épée. Toutefois, les futurs combattants
étaient l'un pour l'autre des inconnus malgré
l'affection qu'ils se portaient. Qu'est-ce à dire ?

Ne s'aimaient-ils donc plus ? Je vous répondrai
« oui » et « non » à la fois et je justifierai le
bien-fondé de mes deux réponses. À coup sûr,
monseigneur Gauvain aime Yvain et l'appelle
son compagnon. Yvain fait de même, où qu'il se
trouve. En cette circonstance, s'il le reconnais-
sait, quelle fête il lui ferait ! Il se sacrifierait
pour lui et l'autre ferait de même avant de supporter qu'on s'en prît à son ami. N'est-ce donc
pas l'Amour dans sa pureté et sa perfection ?
Oui, assurément, mais la Haine n'est-elle pas
aussi évidente ? Si ! Il est certain que chacun
voudrait briser la tête de l'autre et lui infliger
une honte qui détruirait l'honneur de l'adversaire. Par ma foi, c'est un vrai prodige de trouver associés Amour et Haine mortelle. Grand
Dieu ! Comment peut-on trouver dans la même
demeure deux sentiments aussi contraires ? À
mon avis, ils ne peuvent pas séjourner sous le
même toit. L'un ne pourrait pas supporter l'autre
une seule soirée sans lui chercher querelle ou
dispute, dès qu'il aurait deviné la présence de
l'autre. Toutefois, il y a toujours plusieurs endroits dans une demeure, puisqu'on y crée des
galeries et des chambres. Les choses peuvent
se présenter ainsi : Amour s'était peut-être en-
fermée dans une chambre secrète alors que
Haine s'en était allée dans les galeries donnant
sur la rue, afin d'être vue. Voici Haine tout à

fait lancée : elle éperonne, aiguillonne et pique
Amour tant qu'elle peut et Amour ne bouge pas.
Oh, Amour ! Où te caches-tu ? Sors donc et tu
verras qui les ennemis de tes amis ont invité pour
t'agresser ! Les ennemis sont précisément ceux
qui se portent une amitié mutuelle et sacrée. Une
amitié ni feinte ni hypocrite est vraiment pré-
cieuse et sacrée. Pourtant Amour est totalement
aveugle et Haine n'y voit goutte, car Amour,
pour peu qu'elle les reconnaisse, devrait leur
défendre de s'affronter et de se nuire. Amour est
aveuglée, vaincue, abusée, parce qu'elle ne reconnaît ni ne voit ses disciples, et pourtant elle les
voit. Haine est incapable de dire pourquoi ils
se détestent ; elle veut les faire souffrir sans raison ; ils se haïssent à mort et, sachez-le, aucun
des deux n'aime l'homme qui voudrait lui ravir
l'honneur et qui souhaiterait le tuer. Comment ?
Yvain veut-il donc tuer son ami monseigneur
Gauvain ? Oui, et Gauvain veut faire de même :
il voudrait tuer Yvain de ses mains ou faire pire
encore ! Non, je vous le jure, aucun des deux ne
voudrait avoir causé à l'autre une humiliation ou
un tort, au nom de tout ce que Dieu a créé pour
l'homme et au nom de tout l'empire de Rome.
J'ai effroyablement menti en vérité[1], car il est

1. Le narrateur se reprend ici : il se met à dire ce qu'il voit au
lieu de répéter des platitudes abstraites. Ce passage rappelle le
début du roman où ce même narrateur, après avoir vanté la cour-

évident que chacun veut assaillir l'autre, la lance
en avant. Chacun veut blesser son adversaire,
l'avilir, le réduire au désespoir et cela sans épar-
gner sa peine. Dites plutôt : de qui se plaindra
celui qui recevra les coups les plus violents
quand l'un aura dominé l'autre ? Car, à force de
s'affronter, ils pourraient faire durer la bataille
et le corps à corps, j'en ai peur, jusqu'à la défaite d'un des adversaires. Une fois vaincu,
Yvain pourra-t-il déclarer qu'il a été agressé et
humilié par son ami et qu'il ne l'a jamais appelé
autrement que du nom d'ami et de compagnon ? Ou alors, s'il arrive par hasard à Yvain
d'infliger des coups à Gauvain et s'il le malmène d'une manière ou d'une autre, aura-t-il le
droit de se plaindre ? Oh, non, car il ne saura
de qui se plaindre !

Tous deux prennent du champ car ils ne se
sont pas reconnus. Dès le premier assaut, ils
brisent leurs lances de frêne pourtant solides.
Ils ne se disent pas un mot car, s'ils s'étaient
adressé la parole, cette rencontre aurait pris une

toisie de la cour d'Arthur, accepte de faire le récit de l'impolitesse extraordinaire du roi et de la grossièreté de Keu. Tout
comme Yvain lui-même, le narrateur est un peu la victime de
l'idéologie courtoise ; il apprendra sa leçon pourtant et, à la fin
du roman, saura, comme son protagoniste, reconnaître la valeur
de l'authenticité. Le style argumentatif de ce passage n'est pas
sans rappeler certains exercices d'école comme la « dispute » où
une antithèse succède à une thèse et le *contre* au *pour*.

autre allure. Ils ne se seraient jamais donné des
coups de lance ou d'épée ; ils se seraient livrés
aux embrassades et aux accolades plutôt que de
se blesser. En fait, ils s'infligent plaies et blessures. Les épées n'ont rien à y gagner, non plus
que les heaumes cabossés et les écus fendus. Ils
émoussent le tranchant des épées et les déforment
en assenant des coups violents frappés du tranchant et non du plat de l'arme. Avec la garde, ils
frappent le nasal, le dos, le front de leur adversaire et les joues deviennent bleues et violacées
là où le sang jaillit. À force de lacérer leurs
hauberts et de démanteler leurs écus, ils sont
blessés tous les deux. Ils déploient tant d'efforts
et se donnent tant de mal qu'ils manquent de
perdre haleine. En peu de temps, le combat a
pris un tour si violent que les pierres précieuses
fixées à leurs heaumes, les hyacinthes et éme-
raudes, sont écrasées ou arrachées. Les coups as-
senés sur les heaumes par la garde de leurs épées
les ébranlent et manquent de les faire s'évanouir.
Leurs yeux étincellent. Ils ont de gros poings car-
rés, des muscles robustes et des os solides. Ils se
portent de violents coups sur le visage en empoi-
gnant solidement leurs épées ; cela leur permet
de redoubler la force de leurs coups.

Après un bon moment, lorsque leurs heaumes
sont défoncés et que leurs hauberts perdent
leurs mailles — tant ils ont été martelés —,

lorsque leurs écus sont fendus et brisés, ils
prennent du champ afin d'apaiser leur sang et
de reprendre haleine. Pourtant, ils ne s'arrêtent
pas bien longtemps et l'un des deux retourne
ensuite assaillir son adversaire plus férocement
encore qu'auparavant. Tous les témoins déclarent
qu'ils n'ont jamais vu deux chevaliers plus courageux. « Ils ne se battent pas pour rire mais très
farouchement, s'écrient-ils. Aucune récompense
ne sera à la hauteur du mérite qu'ils se forgent. »
Les deux amis qui s'affrontent entendent ces
propos. Ils entendent aussi qu'on essaie de réconcilier les deux sœurs mais nul ne parvient à persuader l'aînée de faire la paix ; quant à la cadette,
elle s'en remettait volontiers au verdict sans appel
du roi. Cependant, l'aînée se montrait si obstinée
que le roi, Guenièvre, les chevaliers, les dames et
les bourgeois prirent le parti de la cadette. En
dépit de la sœur aînée, on vient supplier le roi
d'accorder le tiers ou le quart des terres à la cadette et de séparer les deux chevaliers à la bravoure sans pareille. Ce serait en effet une
catastrophe si l'un des deux blessait l'autre et
s'il nuisait en quoi que ce soit au prestige de son
adversaire. Le roi déclare qu'il n'interviendra
pas pour imposer la paix car la sœur aînée s'y
refuse, tant son naturel est méchant. Les deux
chevaliers entendent ces propos tout en continuant à s'affronter ; ils arrachent l'admiration

de tous les spectateurs. La bataille reste si indé-
cise qu'on finit par ne plus savoir qui a le des-
sus et qui est le vaincu. Et même les deux
combattants, qui conquièrent leur prestige au
prix du martyre, sont étonnés et stupéfaits de
l'indécision du duel. Chacun se demande qui
est cet adversaire qui lui résiste si farouchement. Le combat s'éternise jusqu'à la nuit. Les
deux chevaliers ont le bras las et le corps per-
clus de douleurs. Du sang chaud jaillit à gros
bouillons de leurs nombreuses blessures et
coule sous leurs haubertes. Rien d'étonnant s'ils
veulent se reposer, car ils souffrent atrocement.

Ils se reposent alors tous les deux et chacun
s'avise qu'il vient de trouver son égal après l'avoir
longuement cherché en vain. Ils se reposent un
bon moment et n'osent pas reprendre les armes.
Ils n'ont plus envie de se battre car ils craignent
la nuit obscure autant que leur adversaire. Ces
deux raisons les incitent et les obligent tous les
deux à se tenir tranquilles. Toutefois, avant de
quitter les lieux, ils auront eu l'occasion de se
reconnaître et d'éprouver l'un pour l'autre joie et
pitié. Le preux et courtois seigneur Yvain parle
le premier mais son ami ne le reconnaît pas à la
voix. Il parle trop bas, d'une voix rauque, faible
et cassée parce que les coups qu'il a reçus lui ont
fait perdre beaucoup de sang. « Seigneur, fait-il,
la nuit approche ! Une séparation imposée ne

nous vaudra aucune honte et aucun reproche. Toutefois, je tiens à vous dire, en ce qui me concerne, que j'éprouve à votre égard une crainte mêlée d'estime. Jamais de ma vie je n'ai soutenu une bataille qui m'a valu autant de souffrances et jamais je n'ai rencontré un chevalier dont je souhaite autant faire la connaissance. Vous savez porter de beaux coups et vous savez également fort bien en tirer parti. Jamais chevalier que je connaisse n'a su me payer autant de coups. J'aurais souhaité en recevoir bien moins que vous ne m'en avez prêtés aujourd'hui. J'en suis littéralement abasourdi. — Par ma foi, fait monseigneur Gauvain, si vous êtes assommé et épuisé, je le suis autant que vous ! Et si j'apprenais qui vous êtes, après tout, en quoi cela vous ennuierait-il ? Je vous ai prêté mon bien et vous m'avez rendu intérêts et capital, car votre générosité consistait à rendre alors que, moi, je ne faisais que prendre. Prenez la chose bien ou mal, qu'importe ! Puisque vous souhaitez connaître mon nom, je ne vous le cacherai pas plus longtemps. Je m'appelle Gauvain ; je suis le fils du roi Lot[1]. »

1. Le roi Lot règne sur le royaume d'Orcanie. C'est le frère du roi Urien (selon le *Brut* de Wace) ; par conséquent, Gauvain et Yvain sont cousins germains. Lot est un allié d'Arthur ; il a épousé sa sœur Enna ou Anna appelée parfois Morcadés. En tant que neveu d'Arthur (fils de la sœur), Gauvain est un héritier présomptif du roi. Cela suffit à expliquer le rôle privilégié de Gauvain à la cour et l'excellence chevaleresque qu'il incarne.

À ces mots, monseigneur Yvain reste ébahi,
interdit. De rage et de désespoir, il jette son
épée toute sanglante et son bouclier dépecé. Il
met pied à terre et s'écrie : « Hélas ! quel malheur ! Une tragique méprise nous a fait nous
affronter aveuglément. Si j'avais su qui vous
étiez, jamais je ne vous aurais combattu. J'aurais
déclaré forfait avant le combat, je vous assure.
— Comment ? fait monseigneur Gauvain. Mais
qui êtes-vous donc ? — Je suis Yvain qui vous
aime plus que quiconque sur toute la terre !
Vous m'avez toujours aimé et honoré dans
toutes les cours. Pour la présente affaire, je
souhaite maintenant faire amende honorable et
je me déclare totalement vaincu. — Vous feriez
cela pour moi ? fait le doux Gauvain. À vrai
dire, je me montrerais particulièrement pré-
tentieux si j'acceptais cette réparation. L'honneur de la victoire ne m'appartiendra pas ; il
est à vous et je vous le laisse ! — Ah, cher seigneur, n'en dites pas plus ! Cela ne saurait advenir. Je ne peux plus tenir debout. Je suis
exténué, anéanti ! — Vraiment, vous perdez
votre temps ! lui répond son ami et compagnon. C'est moi qui suis vaincu, exténué, et ne
voyez aucune flatterie dans mes propos car il
n'y a personne sur terre à qui j'aurais pu en
dire autant plutôt que de souffrir plus longtemps ses coups. »

Tout en s'exprimant ainsi, ils descendent de cheval, se jettent dans les bras l'un de l'autre et s'embrassent. Ils ne cessent pas de se déclarer vaincus l'un et l'autre. La dispute n'en finit pas : le roi et ses barons accourent et les entourent. En les voyant se congratuler, ils désirent ardemment connaître le nom des jouteurs et les raisons de leur liesse. « Seigneur, fait le roi, dites-nous donc ce qui a provoqué cette amitié et cette harmonie soudaines entre vous alors que nous avons vu une haine farouche vous animer durant toute cette journée ! — Sire, répond monseigneur Gauvain son neveu, inutile de vous cacher l'infortune et la malchance dont procède cette bataille. Puisque vous cherchez à savoir le fin mot, grand bien puisse advenir à celui qui vous dira toute la vérité ! Moi, Gauvain, votre neveu, je n'ai pas reconnu monseigneur Yvain, mon compagnon ici présent, jusqu'à ce qu'il me demande mon nom, ainsi qu'il plut à Dieu, grâce lui soit rendue. Chacun déclina son nom et, ainsi, nous nous sommes reconnus après notre long duel. Nous nous sommes longuement battus et, si le combat s'était encore prolongé un peu, tout aurait mal tourné pour moi car, je le jure sur ma tête, sa prouesse aurait eu raison de moi ainsi que de l'injuste cause de celle qui m'a envoyé en lice. Je préfère toutefois une défaite à la mort infligée par un ami. » À ces mots, le sang de monseigneur Yvain ne fait qu'un tour : « Très cher seigneur, s'écrie-t-il, avec l'aide de Dieu, vous avez tort de parler ainsi. Puisse mon seigneur le roi être persuadé que c'est moi le vaincu et le poltron de ce combat, sans aucun doute ! — Non, c'est moi ! fait l'un. — Non, c'est moi ! » réplique l'autre. Une égale noblesse d'âme et de cœur incite chacun à concéder à l'autre la couronne de la victoire, mais aucun des deux ne veut la prendre. Au contraire, chacun s'efforce de faire croire au roi et à ses gens qu'il est le grand vaincu et le poltron du combat. Toutefois, le roi met un terme au débat après les avoir entendus quelque temps. Il prenait un grand plaisir à les voir s'embrasser et à les entendre. Et pourtant, ils s'étaient infligé de terribles blessures auparavant. « Seigneurs, fait-il, la grande affection qui vous unit vous incite à vous avouer vaincus tour à tour. Toutefois, remettez-vous-en à mon jugement et je mettrai tout le monde d'accord. Croyez-moi, ce jugement sera à votre honneur et le monde entier m'en louera. » Ils promettent alors tous les deux de respecter scrupuleusement sa décision. Le roi déclare qu'il tranchera le différend en bonne justice. « Où est la demoiselle qui a chassé sa sœur hors de ses terres et qui l'a déshéritée de force, sans aucune pitié ? — Sire, fait-elle, me voici ! — Vous êtes là ? Eh bien, approchez ! Je savais depuis longtemps que vous cherchiez à déshériter votre sœur. Son droit ne sera pas violé plus longtemps car vous m'avez révélé la vérité. Il vous faut renoncer à toute prétention sur sa part d'héritage. — Ah, sire ! J'ai répondu naïvement, stupidement, et vous voulez me prendre au mot. Pour l'amour de Dieu, sire, ne me défavorisez pas ! Vous êtes roi et vous devez éviter toute injustice et toute erreur. — C'est précisément pour cela, dit le roi, que je veux rétablir votre sœur dans ses droits, car il n'a jamais été dans mon intention de commettre une injustice[1]. En outre, vous avez bien entendu que votre champion et le sien s'en sont remis à moi. Je ne pencherai nullement en votre faveur car votre tort est évident. Chacun d'eux se déclare vaincu avec le désir d'honorer son adversaire. Puisque la décision me revient, je n'ai pas à tergiverser. De deux choses l'une : ou bien vous ferez tout ce que je dirai en respectant les termes que j'emploierai et vous repousserez l'injustice, ou bien je proclamerai mon neveu vaincu par les armes et ce sera encore bien pire pour vous,

---

1. Pour une fois, le roi Arthur fait preuve d'astuce et de sagesse. C'est plutôt rare dans l'œuvre de Chrétien ! Mais son intervention prouve aussi l'inutilité du combat qui a failli coûter la vie à notre protagoniste ou à son adversaire, le neveu du roi. Le sourire un peu moqueur de Chrétien devant le spectacle « courtois » du combat judiciaire perce ici. Rappelons enfin qu'Arthur rend sa justice afin de sauvegarder l'honneur des deux chevaliers.

mais ce serait bien malgré moi que je ferais une chose pareille. » Il n'avait nulle intention d'agir ainsi mais il disait cela pour la mettre à l'épreuve. Il voulait l'amener, sous l'effet de la crainte, à restituer la part d'héritage qui revenait à sa sœur. Il avait fort bien compris qu'elle n'aurait rien restitué du tout, malgré ses prières instantes, si elle n'y avait été contrainte par l'intimidation. En proie à cette crainte du roi elle dit : « Cher seigneur, il me faut exécuter vos ordres mais cela me pèse. Je le ferai néanmoins quoi qu'il m'en coûte. Ma sœur recevra donc la part qu'il lui plaira. Vous serez ma caution afin de lui fournir une garantie. — Remettez-lui sa part sur-le-champ ! dit le roi. Qu'elle devienne votre femme lige[1] et qu'elle tienne sa part de vous-même. Aimez-la comme si elle était vôtre et qu'elle vous aime comme sa dame et comme une sœur germaine. » C'est ainsi que le roi règle l'affaire. La cadette prend enfin possession de sa terre ; elle remercie le roi qui demande à son

1. Arthur invite les deux sœurs à se prêter mutuellement hommage. De la même manière qu'il existe un hommage pour les hommes, il existerait un hommage pour des femmes, accompagné d'une investiture de fief. Il s'agit de la coutume dite de « tenure en frérage » selon laquelle, après un héritage, le puîné devient l'homme de fief de son frère ; en outre, « dans certains cartulaires la formule employée par l'aîné pour désigner son frère cadet investi par lui d'un fief secondaire est sensiblement celle dont se sert Chrétien pour définir les nouveaux rapports de l'aînée avec sa sœur cadette qu'elle doit considérer comme sa vassale ».

preux et vaillant neveu de se laisser à présent dé-
vêtir de son armure. À monseigneur Yvain, il
conseille également de se laisser retirer la
sienne, s'il le veut bien ; ils peuvent désormais y
consentir tous les deux. Les chevaliers sont dé-
sarmés et s'embrassent mutuellement. Pendant
qu'ils s'embrassent, ils voient venir le lion qui
cherche son maître. Dès que le lion aperçoit
Yvain, il ne dissimule pas sa joie. C'est alors que
l'assistance a un mouvement de recul et que
même les plus courageux s'en vont. « Restez
donc tous ici ! fait monseigneur Yvain. Pourquoi fuyez-vous ? Personne ne vous chasse !
Vous n'avez rien à craindre du lion que voici. Je
vous supplie de me croire : ce lion m'appartient
et je lui appartiens. Nous sommes deux compagnons. » Ils apprennent alors la véritable histoire du lion ainsi que les aventures de son
maître, car c'est bien lui qui a tué le sinistre
géant. « Mon cher compagnon, lui dit monseigneur Gauvain, que Dieu m'assiste, mais vous
m'avez mortifié aujourd'hui. Je vous ai manifesté une bien piètre reconnaissance pour le service que vous m'avez rendu en tuant le géant et
en sauvant mes neveux et ma nièce. J'ai longtemps pensé que c'était vous, et cette affaire me
tourmentait car notre amitié et notre complicité
n'étaient un secret pour personne. J'ai bien souvent pensé à vous mais je ne pouvais me

résigner à la chose car jamais je n'avais entendu parler, en quelque endroit que ce soit, d'un chevalier qui portait le surnom de Chevalier au Lion. »

On les débarrassa de leurs armes pendant qu'ils parlaient. Le lion ne tarda guère à rejoindre son maître qui s'était assis. Arrivé devant lui, il lui témoigna autant de joie que peut le faire une bête privée de parole. Toutefois, il fallut conduire les deux chevaliers dans une infirmerie ou un endroit calme. Pour guérir leurs blessures, en effet, un médecin et un onguent étaient indispensables. Le roi, qui tenait beaucoup à eux, les fit amener devant lui. Puis, il convoqua un médecin, le plus expert de tous, et l'homme guérit leurs plaies le mieux et le plus rapidement qu'il put. Quand ils furent guéris tous les deux, monseigneur Yvain, qui avait définitivement confié son cœur à l'amour, comprit très bien qu'il ne pourrait plus continuer à vivre. Il finirait même par mourir si sa dame n'accordait pas son pardon à celui qui se mourait pour elle. Il décida alors de quitter seul la cour et d'aller guerroyer près de sa fontaine[1]. Là-bas, il déchaînerait telle-

---

1. Yvain retourne à la fontaine merveilleuse, tout comme lors de sa première visite, sans prévenir personne. Cependant, cette fois-ci, il est accompagné de son lion : il est désormais Yvain-le-Chevalier-au-Lion. C'est de la part de Chrétien un exemple caractéristique de la recherche des symétries et des antithèses symétriques dans la composition du récit.

ment de tonnerre, de vent et de pluie que sa
dame serait contrainte à faire la paix avec lui ; si
tel n'était pas le cas, il déchaînerait pour toujours
la tourmente, la pluie et le vent de la fontaine.

Dès que monseigneur Yvain se sentit guéri et
en parfaite santé, il partit incognito. Toutefois,
son lion l'accompagnait, car la bête ne voulait
jamais l'abandonner. Ils finirent par arriver à la
fontaine, et provoquèrent la pluie. Et, croyez-
moi, car je vous dis la vérité, la tourmente se
déchaîna à un point que nul ne saurait raconter
le dixième de ses effets. On aurait dit que la
forêt était appelée à sombrer dans un abîme. La
dame craignait de voir son château s'effondrer.
Les murs vacillaient, le donjon chancelait et manquait de s'écrouler. Le plus hardi des hommes de
Laudine aurait préféré se trouver en Perse, prisonnier des Turcs, plutôt que d'être dans le château. Leur peur était telle qu'ils maudissaient
leurs ancêtres d'imprécations : « Maudit soit le
premier homme qui construisit une maison dans
ce pays ! Maudits soient ceux qui construisirent
ce château ! Sur la terre entière il n'y a pas d'endroit plus détestable, car un seul homme peut
l'envahir, le tourmenter et le ravager. — Ma
dame, dit Lunette, il vous faut prendre une décision. Vous ne trouverez personne qui acceptera
de vous porter secours, ou alors il vous faudra
chercher bien loin ! Jamais, à vrai dire, nous ne

pourrons avoir de répit dans ce château et nous n'oserons même plus en franchir les murs ou la porte. On aurait beau rameuter tous vos chevaliers en la circonstance, le meilleur d'entre eux, vous le savez bien, n'oserait pas faire le moindre pas. Si vous n'avez personne pour défendre votre fontaine, vous passerez pour une folle et une reine indigne. Vous pouvez vous féliciter de voir partir en toute impunité celui qui a provoqué cet assaut. Vous êtes en fâcheuse posture si vous ne pensez pas à changer d'attitude. — Toi qui sais tout, dit la dame, propose-moi une solution et je me rendrai à ton avis ! — Ma dame, si j'en connaissais une, assurément, je vous la proposerais. Vous avez grand besoin d'un conseiller plus avisé. C'est la raison pour laquelle je n'ose pas me mêler de tout cela et je devrai, à Dieu ne plaise, supporter comme les autres la pluie et le vent tant que je ne verrai pas un preux chevalier de votre cour assumer totalement le combat. Ce n'est pas encore pour aujourd'hui, j'en ai bien peur, et votre affaire viendra à empirer toujours davantage. » La dame lui rétorque : « Demoiselle, parlez donc autrement ! Laissez les gens de mon château car il n'y a personne parmi eux sur qui je puisse compter pour défendre la fontaine et le perron. Toutefois, s'il plaît à Dieu, nous allons voir la pertinence de votre conseil, car c'est dans le besoin, comme dit le proverbe,

que l'on reconnaît son ami. — Ma dame, s'il
était possible de trouver celui qui tua le géant et
qui vainquit les trois chevaliers, il serait bon
d'aller le chercher, mais tant qu'il sera en guerre
contre sa dame et tant que la colère et le ressentiment habiteront celle-ci, il ne daignera suivre
personne, ni homme ni femme, en ce bas monde.
Il faudrait d'abord lui jurer de faire l'impossible
pour mettre fin à sa disgrâce auprès de sa dame,
car cette disgrâce l'accable de douleur et de
tourment. — Avant de vous voir partir à sa recherche, lui répond la dame, je suis prête à vous
promettre et à vous jurer que, s'il vient à moi, je
lui procurerai, sans ruse et sans arrière-pensée,
la paix qu'il souhaitera, si du moins je le puis[1]. »
Lunette lui répond : « Dame, je ne doute pas un
instant que vous lui obteniez la paix, si tel est
votre désir, mais le serment, ne vous en dé-
plaise, je le recevrai avant mon départ. — Cela
ne m'ennuie nullement », répond la dame. La
très courtoise Lunette lui fit vite apporter un
fort précieux reliquaire et la dame s'agenouilla.
Lunette la prit au jeu de la vérité[2], en toute

1. Nouvel exemple de don contraignant qui lie le futur dona-
teur sans qu'il connaisse l'objet de la demande.
2. Lunette va prendre sa dame au mot en l'impliquant dans
un quiproquo. Une fois le serment prononcé, Laudine ne pourra
plus se dédire sous peine d'enfreindre sa promesse. Elle promet
de tout faire pour réconcilier le Chevalier au Lion et sa dame
mais elle ignore qu'il s'agit d'Yvain et d'elle-même.

courtoisie. Au moment de lui dicter le serment,
Lunette ne négligea aucune précaution.

« Dame, dit-elle, levez la main. Je ne veux pas
être accusée de je ne sais quoi dans quelques
jours, car ce n'est pas pour moi que vous prêtez
serment mais pour vous-même. S'il vous plaît,
jurez donc, en ce qui concerne le Chevalier au
Lion, qu'avec une totale sincérité vous vous
efforcerez de lui faire retrouver les bonnes dispositions de sa dame comme c'était le cas jadis. »
La dame lève alors la main droite et réplique :
« Tout ce que tu as dit, je le redis à mon tour.
Que Dieu et ses saints me viennent en aide et
jamais mon cœur ne retardera les efforts que j'y
consacrerai : je lui ferai retrouver l'amour et les
bonnes grâces de sa dame si j'en ai le pouvoir. »

Lunette avait parfaitement réussi. Elle ne souhaitait rien de plus que ce succès personnel.
Déjà, on lui amenait un palefroi doux à l'amble.
La mine radieuse, l'air ravi, Lunette se mit en
selle et s'en alla. Elle arriva sous le pin et rencontra celui qu'elle ne pensait pas trouver si
près. Elle croyait en effet qu'il lui faudrait chercher longtemps avant d'arriver jusqu'à lui. Elle
eut tôt fait de le reconnaître grâce à la présence
du lion. Au grand galop, elle se dirigea vers lui et
mit pied à terre. Monseigneur Yvain la reconnut
de loin. Il la salua et elle lui dit : « Monseigneur,
je suis très heureuse de vous avoir trouvé si vite !

— Comment ? Vous me cherchiez donc ? lui
répondit Yvain. — Oh oui ! Et j'ai vécu le plus
beau jour de ma vie lorsque j'ai pu amener ma
dame, sous peine de parjure, à redevenir votre
dame et vous à redevenir son époux. Je vous le
dis très sincèrement. » À ces mots merveilleux
qu'il n'espérait jamais entendre, monseigneur
Yvain éprouva une joie immense. Il ne savait pas
comment fêter celle qui lui apportait cette nouvelle. Après lui avoir baisé les yeux et le visage, il
lui dit : « Assurément, ma douce amie, je ne
pourrai rien vous offrir en échange. Je crains de
voir le temps ou le pouvoir me manquer pour
vous témoigner honneur et gratitude. — Seigneur, fait-elle, ne vous tracassez pas ! Vous
aurez bientôt tout le temps et toutes les occasions
de me faire du bien, ainsi qu'à d'autres. Si j'ai
rempli mes obligations, on ne doit pas m'en savoir plus de gré qu'à l'emprunteur qui rem-
bourse sa dette. D'ailleurs, je ne pense pas encore
vous avoir rendu ce que je vous dois. — Mais si,
grâce à Dieu, plus de cent mille fois ! — Alors
nous partirons quand vous voudrez ! — Et elle,
lui avez-vous dit qui je suis ? — Oh non, par ma
foi ! Elle ne vous connaît que sous le nom de
Chevalier au Lion ! »

Tout en poursuivant leur conversation, ils se
mirent en route et le lion les suivait toujours. Ils
arrivèrent enfin tous les trois au château. Dans

les rues, ils n'adressèrent la parole ni aux hommes ni aux femmes, et ils se trouvèrent enfin devant la dame. Celle-ci avait appris, avec beaucoup de plaisir, le retour de sa suivante accompagnée du lion et du chevalier qu'elle désirait tant voir, rencontrer et connaître. Monseigneur Yvain tomba à ses pieds, encore en armes[1]. Lunette, à ses côtés, dit alors : « Madame, dites-lui de se relever, et déployez vos efforts, votre peine et votre intelligence à lui accorder paix et pardon, car vous êtes la seule de par le monde à pouvoir les lui offrir. » La dame le fit alors se relever et lui dit : « Je m'en remets totalement à lui et je souhaiterais fort répondre à ses désirs et à sa volonté, si je le pouvais. — Certes, ma dame, je ne le dirais pas si ce n'était pas vrai, mais tout dépend de vous seule, bien plus encore que je ne vous l'ai dit. Maintenant, vous allez connaître la vérité, vous allez tout savoir. Jamais vous n'avez eu et jamais vous n'aurez un ami comme lui. C'est Dieu qui veut voir régner entre vous la paix et l'amour parfait, et pour toujours. C'est pourquoi il me l'a fait rencontrer tout près d'ici. Pour me justifier, inutile de trouver une autre excuse. Ma dame, oubliez votre colère envers lui car il n'a pas d'autre femme que vous : c'est monseigneur Yvain, votre époux. »

---

1. Yvain, revêtu de ses armes, n'est guère reconnaissable.

À ces mots, la dame sursaute et dit : « Que le Ciel me bénisse, mais tu m'as bien prise au piège ! Tu veux me faire aimer malgré moi celui qui n'a pour moi ni amour ni estime. Tu as bien réussi ton coup ! Tu m'as rendu un fier service ! Je préférerais endurer toute ma vie le vent et les orages ! Si se parjurer n'était pas aussi honteux que vulgaire, jamais, à aucun prix, il ne pourrait prétendre à la paix et à une bonne entente avec moi. Désormais, ce qui couvait en moi, comme le feu couve sous la cendre, c'est justement ce que je ne veux pas rappeler et ce que je ne souhaite pas évoquer, puisque je dois me réconcilier avec lui. »

Monseigneur Yvain entendit alors que ses affaires allaient bien ; il obtiendra bientôt la paix et la réconciliation qu'il attend. « Ma dame, à tout pécheur miséricorde ! J'ai payé ma désinvolture et c'est justice. J'ai été fou de manquer mon rendez-vous et j'avoue ma totale culpabilité. Quelle n'est pas ma hardiesse d'oser paraître devant vous ! Mais, si désormais, vous me retenez à vos côtés, jamais plus je ne commettrai de faute envers vous. — Eh bien j'accepte, fait-elle, parce que je serais parjure si je ne déployais pas tous mes efforts à conclure une paix entre vous et moi. Puisque tel est votre désir, je vous l'accorde. — Dame, mille mercis ! Grâce au Saint-Esprit, Dieu ne pouvait m'accorder ici-bas une joie plus grande ! »

Désormais, monseigneur Yvain a la paix qu'il réclame et, vous pouvez me croire, rien ne lui causa jamais plus de joie, après un si profond désespoir. Le voici à présent au bout de ses peines puisqu'il est aimé et chéri par sa dame et qu'elle l'est tout autant de lui. Il a oublié tous ses tourments ; la joie que lui procure sa tendre amie les a effacés de sa mémoire. Lunette est très heureuse, elle aussi. Ses désirs sont comblés puisqu'elle a établi une paix durable entre monseigneur Yvain, le parfait ami, et sa parfaite et tendre amie[1]. Chrétien termine ainsi son *Chevalier au Lion*. Il n'a pas entendu conter d'autres épisodes de cette histoire et n'en racontera donc pas d'autres, car ce serait ajouter des mensonges.

ICI SE TERMINE LE CHEVALIER AU LION.
Celui qui le copia se nomme Guiot.
Son atelier se trouve en permanence
devant Notre-Dame-du-Val[2].

---

1. Le roman se termine sur quelques mots clés de la *fine amor*, l'amour d'excellence que chantaient troubadours et trouvères. Yvain, le *fin* amant (v. 6814), et son *amie* (v. 6815) découvrent enfin l'authentique joie *(joy)* d'amour (v. 6809), couronnement de leurs efforts et de leur patience.
2. L'église collégiale Notre-Dame-du-Val, près de laquelle le copiste Guiot avait installé son atelier, se trouvait à Provins (dans l'actuel département de Seine-et-Marne), dans le faubourg de Fontanet rebaptisé depuis lors Saint-Brice. Au Moyen Âge, Provins était célèbre pour ses foires.

DOSSIER

CHRONOLOGIE

880. *Séquence de sainte Eulalie*, premier texte poétique en français (apparition des décasyllabes assonancés).

987. Avènement d'Hugues Capet, roi de France, fondateur de la dynastie des Capétiens.

1066. Conquête de l'Angleterre par Guillaume le Conquérant. Des relations politiques et culturelles se développent entre les îles Britanniques et le continent. Elles seront à l'origine de la pénétration de la « matière de Bretagne » en France.

1071. Naissance de Guillaume IX, duc d'Aquitaine, premier troubadour.

1096. Début de la première croisade.

1099. Fin de la première croisade. Prise de Jérusalem par les croisés.

Vers 1100. *Chanson de Roland* (chanson de geste).

1115. Fondation de l'abbaye de Clairvaux par saint Bernard. Naissance de l'ordre cistercien.

1127. Mort de Guillaume d'Aquitaine qui a initié la poésie lyrique en langue d'oc.

Vers 1135-1140. Naissance de Chrétien de Troyes.

1137. Louis VII devient roi de France. Il règne jusqu'en 1180.

1145. Sculptures du portail royal de la cathédrale de Chartres.

1147. Début de la deuxième croisade.

1149. Fin de la deuxième croisade. Échec des croisés devant Damas.

1152. Aliénor d'Aquitaine, répudiée par le roi de France Louis VII, épouse Henri II Plantagenêt qui deviendra roi d'Angleterre de 1154 à 1189.

1155. Apparition des premiers romans en vers octosyllabiques, adaptés d'œuvres latines de l'Antiquité : *Roman de Thèbes*, *Roman d'Énéas*, *Roman de Troie*.

1164. Marie, fille de Louis VII et d'Aliénor d'Aquitaine, épouse Henri le Libéral, comte de Champagne. Marie de Champagne commandera à Chrétien de Troyes le *Chevalier de la Charrette*.

Vers 1170. Romans en vers de *Tristan et Yseut* (Béroul et Thomas). Les *Lais* de Marie de France.

1170-1181. Principaux romans de Chrétien de Troyes : *Érec et Énide* (vers 1170), *Cligès* (vers 1176), *Yvain ou le Chevalier au Lion*, *Lancelot ou le Chevalier de la Charrette* (vers 1177-1181).

1180. Philippe Auguste devient roi de France. Il règne jusqu'en 1223.

1181. Naissance de saint François d'Assise, futur fondateur de l'ordre franciscain.

1182-1183. Chrétien de Troyes, qui est passé au service du comte de Flandres, Philippe d'Alsace, compose le premier roman en vers sur le Graal : *Le Conte du Graal*.

1186. André le Chapelain écrit le *De arte honeste amandi* (*Traité de l'amour courtois*).

1187. Le chef musulman Saladin s'empare de Jérusalem et chasse les croisés de la ville.

Avant 1190. Mort de Chrétien de Troyes.

1189. Richard Cœur de Lion devient roi d'Angleterre. Début de la troisième croisade.

1192. Fin de la troisième croisade. Les chrétiens obtiennent le libre accès aux lieux saints.

1200. Hartmann von Aue adapte en allemand le *Chevalier au Lion* sous le titre d'*Iwein*.

1208. Apparition de la prose narrative. Geoffroy de Villehardouin écrit *La Conquête de Constantinople*, récit de la quatrième croisade.

1200-1225. Composition du récit gallois d'*Owein* ou *Conte de la dame à la fontaine*, œuvre partiellement influencée par le roman de Chrétien de Troyes.

NOTICE

L'auteur

En dépit des efforts des chercheurs, Chrétien de Troyes reste une personnalité très énigmatique des lettres françaises du XIIe siècle. Il n'a laissé aucun document personnel qui nous permettrait de connaître ses faits et gestes. Nous pouvons déduire de son nom qu'il était vraisemblablement champenois. Troyes faisait en effet partie des actives cités commerçantes et religieuses du comté de Champagne. Chrétien n'était pas un conteur ambulant ou un jongleur sillonnant les routes. C'était un clerc, c'est-à-dire un homme instruit (c'est la signification du mot latin *clericus* au Moyen Âge). Il a dû apprendre à lire et à écrire en latin. Il a traduit en français des contes latins extraits des *Métamorphoses* d'Ovide comme l'indique le prologue de son deuxième roman, *Cligès*. Avant de passer au service du comte de Flandres, il a surtout fréquenté la cour de Marie de Champagne pour qui il écrivit le *Chevalier de la Charrette*. La comtesse lui donna en effet l'argument de ce roman qu'il dut mettre en rimes. Il travailla simultanément au *Chevalier au Lion* et au *Chevalier de la Charrette* si l'on en croit les allusions insérées dans la première de ces deux œuvres. Toutefois, le *Chevalier au Lion* ne possède aucun prologue ni aucune dédicace qui permette d'établir avec précision les circonstances de sa composition. Chrétien a-t-il composé le *Chevalier au Lion* également à la demande de Marie de Champagne ? Rien ne l'indique avec certitude.

Les sources de l'œuvre

La question est complexe et a suscité un long débat chez les érudits[1] au moins depuis la vieille étude de K. W. Osterwald datant de 1853 faisant d'Yvain un dieu celtique du printemps[2]. Nous savons aujourd'hui avec certitude que Chrétien de Troyes n'a pas tiré de sa propre imagination l'argument de son roman mais qu'il l'a repris d'une tradition orale dont l'origine celtique est difficilement contestable. Le rôle de l'écrivain au Moyen Âge n'est pas d'inventer une histoire originale. Il est plutôt d'adapter des histoires qui existent déjà (sous une forme écrite ou orale) et de leur donner une nouvelle actualité. Les noms des personnages, la toponymie, tout semble indiquer que les sources de l'œuvre sont probablement d'origine galloise comme le pensait déjà le médiéviste Gaston Paris au début du XXᵉ siècle.

Au Moyen Âge, à côté de la matière antique (gréco-romaine) essentiellement transmise par l'écriture, il existe en effet une matière folklorique, d'origine celtique et orale, qui a survécu à la romanisation (Iᵉʳ siècle après J.-C.) puis à la christianisation (VIᵉ-VIIᵉ s. après J.-C.) grâce à certains conservatoires situés dans les îles

---

1. Bilan bibliographique de ces travaux dans Ph. Walter, *Canicule. Essai de mythologie sur « Yvain » de Chrétien de Troyes,* SEDES, 1988, p. 291-325.
2. Karl W. Osterwald, *Iwein, ein keltischer Frühlingsgott. Ein Beitrag zur comparativen Mythologie*, Merseburg, 1853.

Britanniques. Ces antiques traditions insulaires qui, au XIIe siècle, sont devenues des contes folkloriques se diffusent sur le continent à la faveur de l'empire anglo-angevin des Plantagenêts. Les cours royales de ces derniers ont entretenu une troupe de conteurs ou jongleurs dépositaires de l'antique tradition orale héritée des bardes celtiques.

Chrétien a naturellement rencontré ces traditions qui lui ont fourni la matière de ses œuvres. Mais sous quelle forme ? Pour élaborer la matière de ses romans, disposait-il d'un récit unique et complet qu'il n'a fait que transposer ou bien a-t-il cherché à harmoniser plusieurs récits indépendants dans un ensemble narratif cohérent ? Les deux possibilités ne sont pas à exclure car la nature exacte de cette source orale n'est guère identifiée. Comme Chrétien est fort évasif à son sujet, elle restera sans doute encore longtemps un mystère. On peut cependant penser que cette source obéit à une structure *mythologique* qu'un travail comparatif peut permettre de reconstruire. En comparant certains récits attestés dans diverses régions du monde celtique et indo-européen, on peut mieux comprendre la fonction et la structure analogiques des motifs qui les composent. Cette base mythique du *Chevalier au Lion* a été repérée dans les travaux de certains érudits mais on n'en perçoit pas toujours l'importance. En outre, on confond souvent les sources directes de Chrétien (qui sont perdues) avec les sources analogiques permettant de reconstituer les canevas probables utilisés par Chrétien pour construire son roman.

Pour comprendre la nature des traditions en cause, on peut se référer à un texte que le poète islandais Snorri Sturluson (1178-1241) a inséré dans son *Orbe du monde* (*Heimskringla*). Ce texte islandais a toutes les apparences d'un mythe et non celle d'un fait divers.

Snorri Sturluson adapte un récit légendaire, lui-même hérité d'un vieux mythe scandinave. Ce récit islandais présente des analogies significatives avec le roman de Chrétien dont il permet de retrouver le cadre mythique[1].

D'autres récits d'origine certainement mythique complètent la trame du *Chevalier au Lion*. La séquence initiale de la fontaine merveilleuse semble bien relever par son archaïsme d'un antique récit mythique lié à un rite pour obtenir la pluie. À moins qu'il s'agisse d'un mythe de fin du monde destiné à célébrer le remplacement et le meurtre rituel du vieux roi (le défenseur de la fontaine) par un jeune souverain porteur de renouveau. Enfin l'épisode de l'animal en fâcheuse posture sauvé par un humain et qui se met ensuite au service de son bienfaiteur correspond à un récit type dont il existe des variantes sous forme de contes folkloriques, de légendes mythologiques ou de récits hagiographiques.

Visiblement, le travail du narrateur a consisté à harmoniser plusieurs récits et à les conjoindre ; c'est d'ailleurs le terme que Chrétien lui-même emploie dans son premier roman, *Érec et Énide,* en parlant de la composition de son œuvre comme d'une belle *conjointure.* Cet effort de construction et les résonances ou les symétries qu'il suscite permettent de dégager un sens interne de l'œuvre où se lisent les intentions idéologiques de l'auteur. Ainsi, l'enquête mythologique sur les sources ne suffit pas à expliquer le roman mais elle est indispensable pour livrer les enjeux de la création de l'œuvre. Si on ne la perçoit pas clairement, on risque fort de se méprendre sur le sens que Chrétien a voulu donner à son récit. Comment prétendre expliquer en effet le travail de création effectué par Chrétien si l'on ignore tout du matériau narratif qui lui a servi à construire son

1. Ph. Walter, « La morsure du soleil : Yvain et la peste selon Chrétien de Troyes », *Figures* 13-14, 1995, p. 43-55.

œuvre ? L'emploi du vers octosyllabique correspond à
la forme traditionnelle des premiers romans de la jeune
littérature française.

Le succès de l'œuvre

Il existe deux critères pour mesurer la popularité
d'une œuvre littéraire au Moyen Âge : le nombre de
manuscrits qui la conservent et le nombre de réécri-
tures en français ou d'adaptations étrangères auxquelles
elle a donné lieu. De ce double point de vue, le *Chevalier au Lion* peut effectivement appartenir à la catégorie
des œuvres à succès. On évoquera ci-dessous le nombre
assez conséquent de manuscrits de l'œuvre qui circu-
laient au XIIIᵉ siècle. Il en existait probablement d'autres
encore car certaines copies ont certainement été perdues ou détruites. Il est pratiquement assuré toutefois
que l'œuvre semble avoir connu son plus grand succès
au XIIIᵉ siècle. On doit noter aussi la qualité artistique de
certains de ces manuscrits puisque deux d'entre eux présentent des miniatures très travaillées. Le soin apporté à
l'ornementation de ces manuscrits témoigne certainement de la séduction exercée par cette œuvre sur les
publics les plus exigeants, commanditaires de copies de
luxe.
Une vague de traductions et adaptations étrangères
renforce cette célébrité. Notons d'abord que dans la
littérature galloise du Moyen Âge certains contes présentent d'intéressantes analogies avec les romans de
Chrétien ou les récits arthuriens en général. Le conte
d'*Owein* ou *Conte de la dame à la fontaine* ressemble
beaucoup au roman de Chrétien[1]. On sait maintenant

---

1. *Les Quatre Branches du Mabinogi et autres contes gallois du
Moyen Âge,* traduit du moyen gallois, présenté et annoté par Pierre-
Yves Lambert, Gallimard, « L'aube des peuples », 1993.

que ce conte est postérieur au roman de Chrétien
(*Owein* a dû être composé entre 1200 et 1225). De plus,
ces récits gallois ont subi l'influence des œuvres françaises en particulier dans la peinture du monde courtois.
Mais on sait également que leur trame remonte à de
vieilles traditions galloises conservées dans le folklore
oral. La comparaison de certains épisodes d'*Owein* avec
le roman de Chrétien de Troyes laisse apparaître, fort
curieusement, des traits mythiques plus archaïques dans
le texte qui est chronologiquement le plus tardif (par
exemple dans la description de l'homme sauvage de la
forêt de Brocéliande). Le traitement de la matière folklorique a été différent dans l'adaptation médiévale galloise.

Dans la littérature germanique et scandinave, l'histoire du *Chevalier au Lion* connaît un réel succès. Vers
1200, l'écrivain Hartmann von Aue réalise une adaptation allemande du roman de Chrétien sous le titre
d'*Iwein*. Cet écrivain originaire du sud-ouest allemand
suit d'assez près le modèle français et diffuse dura-
blement ce roman dans le monde germanique comme
il l'avait fait précédemment pour *Érec et Énide*, du même
Chrétien. Ce succès de l'œuvre incite certains seigneurs
à faire peindre dans leurs châteaux des fresques murales
représentant des scènes d'*Yvain*. C'est le cas à Rodengo
dans le sud du Tyrol[1].

Dans les pays scandinaves, le succès du *Chevalier au
Lion* n'est pas moins grand. Le roi Haakon l'Ancien
qui régna sur la Norvège entre 1217 et 1263 fit traduire
le *Chevalier au Lion* en norrois (langue des Norvégiens et
Islandais du Moyen Âge). L'œuvre porte le titre d'*Ivens-
saga*[2]. En 1303, une version suédoise suivit cette adap-

1. Volker Schupp et Hans Szklenar, *Yvain auf Schloss Rodenegg.
Eine Bildergeschichte nach dem Iwein Hartmanns von Aue*, Sigmaringen,
Thorbecke, 1996.
2. Hanna Steinunn Thorleifsdottir, *La Traduction norroise du
Chevalier au Lion* (*Yvain de Chrétien de Troyes*) *et ses copies islandai-
ses*, Thèse pour le doctorat, Université de Paris-Sorbonne, juin 1995.

tation norroise. Elle fut réalisée à la demande de la reine Eufemia de Norvège (1299-1312). Une porte d'église islandaise datée du XIIIᵉ siècle et probablement réalisée en Norvège présente des scènes qui rappellent le *Chevalier au Lion*[1]. Cette porte actuellement conservée au Musée national de Reykjavik prouve à l'évidence que le roman de Chrétien s'est imposé autant par son style que par son imagerie dans une grande partie de l'Europe médiévale.

Le chevalier Yvain continue de vivre dans la littérature romanesque en prose française du Moyen Âge en participant aux aventures du Graal comme la plupart de ses compagnons, même s'il doit se contenter d'un rôle bien plus modeste que Lancelot, Perceval ou Galaad. Plus que le personnage qui semble trop parfait, ce sont plutôt certains motifs (comme l'épisode de la fontaine merveilleuse ou Fontaine au Pin) qui réapparaissent dans certaines œuvres comme le *Tournoiement de l'Antéchrist* (XIIIᵉ siècle) de Huon de Méry.

Au XIVᵉ siècle, le roman de Chrétien est l'objet d'une adaptation anglaise intitulée *Ywain and Gawain*[2]. À la même époque, le titre de « Chevalier au Lion » était devenu un brevet d'excellence courtoise comme le prouve le *Roman de la Dame à la licorne et du beau Chevalier au Lion,* œuvre française datant de 1350 et exploitant quelques éléments du roman de Chrétien.

Bien plus tard, Walter Scott s'est probablement souvenu d'Yvain en écrivant *Ivanhoé*. Ce compagnon d'armes de Richard Cœur de Lion ne tient pas seulement un nom (Yvain/Ivanhoé) de son glorieux ancêtre

---

1. Peter Paulsen, *Drachenkämpfer, Löwenritter und die Heinrichsage. Eine Studie über die Kirchentür von Valthjofsstadr auf Island*, Cologne, Graz, Böhlau Verlag, 1966.
2. *Ywain and Gawain*, ed. by A. Friedman et N. Harrington, Oxford, University Press, 1964.

médiéval. Il en est la véritable réincarnation chevaleresque dans le meilleur sens du terme.

Tradition manuscrite

Le *Chevalier au Lion* de Chrétien de Troyes a été
conservé par neuf manuscrits principaux et quelques
fragments. La description complète de tous ces témoins
de l'œuvre a été réalisée par Alexandre Micha[1]. La plupart d'entre eux datent du XIIIᵉ siècle : BN fr. 794
(il s'agit de la copie de Guiot souvent privilégiée par
les éditeurs modernes de l'œuvre), BN fr. 1450, BN
fr. 12 560, BN fr. 12 603, Chantilly ms. du musée Condé
472, Vatican ms. Christine 1725, Princeton ms. Garrett
125. Le manuscrit BN fr. 1433 date plus vraisemblablement du XIVᵉ siècle tandis qu'un manuscrit du XVᵉ ou
du XVIᵉ siècle (BN fr. 1638), véritable plagiat, présente
moins d'intérêt pour l'étude du texte.

Depuis fort longtemps, les philologues comparent ces
copies et en soulignent les divergences. On a pu noter
qu'aucun des manuscrits n'a été directement copié sur
un autre. Tous semblent se référer à des modèles per-
dus qui dataient probablement de la fin du XIIᵉ siècle.
On peut aussi imaginer que la transmission de l'œuvre
reposait autant sur une mémorisation orale que sur la
transcription infidèle des modèles conservés. Il faut
rappeler en effet qu'au Moyen Âge le copiste n'était pas
tenu de respecter scrupuleusement le manuscrit qu'il co-
piait. Il pouvait changer à sa guise des expressions ou
des rimes, il pouvait aussi intervenir sur le style de
l'œuvre lorsqu'il pensait qu'il n'était pas conforme au

---

1. Alexandre Micha, *La Tradition manuscrite des romans de Chrétien de Troyes*, Paris, Droz, 1939.

goût de son public. C'est la raison pour laquelle la critique semble avoir renoncé aujourd'hui à connaître l'œuvre authentique écrite par Chrétien. Elle se résout à ne percevoir l'œuvre originelle qu'à partir de copies qui portent toutes l'empreinte d'une époque, d'un milieu ou d'un goût qui n'étaient plus nécessairement ceux de Chrétien.

Aucun manuscrit n'est contemporain de la création de l'œuvre. Aucun ne peut prétendre contenir une version « primitive » de l'œuvre. Il n'existe aucune copie autographe de l'œuvre, écrite de la main même de Chrétien. Le plus ancien manuscrit du roman est postérieur d'au moins un demi-siècle à la composition du *Chevalier au Lion*. Toutefois, si les manuscrits conservés présentent entre eux de nombreuses divergences, celles-ci n'atteignent jamais des épisodes entiers mais seulement des variantes du style et de l'expression ou parfois des rimes.

Notons qu'il existe deux manuscrits illustrés du *Chevalier au Lion*. Le manuscrit Garrett 125 conservé à la Firestone Library de Princeton date de la fin du XIIIᵉ siècle. Il n'a été découvert qu'en 1962 et contient sept miniatures concernant le *Chevalier au Lion*. Si l'on n'y voit pas l'évocation de la fontaine qui fait pleuvoir, on y retrouve en revanche les combats d'Yvain contre Harpin de la Montagne, les deux fils du *netun* et les trois chevaliers félons.

Le manuscrit portant la cote fr. 1433 à la Bibliothèque Nationale de France date de la fin du XIIIᵉ ou du début du XIVᵉ siècle. Il contient dix miniatures relatives au *Chevalier au Lion* : a) Un chevalier inséré dans la lettre initiale du roman. b) Un chevalier provoque la tempête près de la fontaine et affronte ensuite le défenseur des lieux. c) Yvain accueilli par un hôte très prévenant. d) Combat d'Yvain contre le défenseur de la fontaine

(Esclados le Roux) et mort de ce dernier. e) Funérailles d'Esclados. f) Combat de Keu et d'Yvain près de la fontaine et humiliation de Keu. g) Yvain puni par sa dame succombe à la folie. Guéri par trois fées, il repart à l'aventure et aide le lion à vaincre le serpent. h) Combat d'Yvain contre Harpin puis contre les trois chevaliers accusateurs de Lunette. i) Les demoiselles prisonnières. Combat d'Yvain contre les deux *netuns*. Yvain retrouve la cour d'Arthur. j) Yvain et sa dame se réconcilient. Ces scènes détachent les moments principaux de l'œuvre et dégagent nettement la trame héroïque de celle-ci.

La présente traduction reprend le travail que nous avions réalisé à partir de l'édition établie par Karl D. Uitti pour les *Œuvres complètes* de Chrétien dans la « Bibliothèque de la Pléiade », sous la direction de Daniel Poirion.

BIBLIOGRAPHIE

Éditions et traductions

CHRISTIAN VON TROYES, *Sämtliche erhaltene Werke, T. II, Der Löwenritter (Yvain),* édition par Wendelin Foerster, Halle, Niemeyer, 1887.

CHRÉTIEN DE TROYES, *Le Chevalier au Lion (Yvain),* édité par Mario Roques, Champion, C. F. M. A., 1960.

CHRÉTIEN DE TROYES, *Le Chevalier au Lion (Yvain),* traduction par Claude Buridant et Jean Trotin, Champion, 1972.

CHRÉTIEN DE TROYES, *Œuvres complètes*, édition et traduction sous la direction de Daniel Poirion, Gallimard, « Bibliothèque de la Pléiade », 1994.

Études sur le Chevalier au Lion

ACCARIE, Maurice, « La structure du *Chevalier au Lion* de Chrétien de Troyes », *Le Moyen Âge*, 84, 1978, p. 13-34.

ADLER, Alfred, « Sovereignty in Chrétien's *Yvain* », *Publications of the Modern Language Association of America*, 62, 1947, p. 281-305.

BAUMGARTNER, Emmanuèle, *Chrétien de Troyes, Yvain, Lancelot, la Charrette et le Lion*, P.U.F., « Études littéraires », 1992.

BELLAMY, Félix, *La Forêt de Bréchéliant, la fontaine de Barenton, quelques lieux d'alentour, les principaux personnages qui s'y rapportent*, Rennes, Plihon, 1895, 2 vol. (réédition : *La Forêt de Brocéliande*, Guénégaud, 1979).

BERTHELOT, Anne, *Le Chevalier à la Charrette/Le Chevalier au Lion*, Nathan, 1991.

BROWN, Arthur C. L., « Ywain. A Study in the origins of Arthurian Romance », *Harvard Studies and Notes in Philology and Literature*, 8, 1903, p. 1-147.

–, « The Knight of the Lion », *Publications of the Modern Language Association of America*, 20, 1905, p. 673-706.

Le Chevalier au Lion : approches d'un chef-d'œuvre (recueil collectif sous la direction de Jean Dufournet), Champion, 1989 (Unichamp, 20).

DIVERRES, Armel, « Yvain's Quest for Chivalric Perfection », *An Arthurian Tapestry : Essays in Memory of L. Thorpe*, Glasgow University Press, 1981, p. 214-228.

DRAGONETTI, Roger, « Le vent de l'aventure dans *Yvain* », *Le Moyen Âge*, 96, 1990, p. 435-462.

DUBUIS, Roger, « L'art de la conjointure dans *Yvain* », *Bien dire et bien aprandre*, 7, 1989, p. 91-106.

DUGGAN, Joseph J., « Yvain's Good Name : the Unity of Chrétien de Troyes'*Chevalier au Lion* », *Orbis Litterarum*, 24, 1969, p. 112-129.

FOULON, Charles, « Les serves du château de Pesme Aventure », *Mélanges Rita Lejeune*, Gembloux, Duculot, 1969, p. 999-1006.

–, « Le Nom de Brocéliande », *Mélanges Pierre Le Gentil*, SEDES, 1973, p. 257-263.

FRAPPIER, Jean, *Chrétien de Troyes* (1957), Hatier, 1968.

–, *Étude sur « Yvain ou le Chevalier au Lion » de Chrétien de Troyes* (1952), SEDES, 1969.

GALE, John F., « *Le Chevalier au Lion* : Chrétien's Warning of Decadence », *Romance Notes*, 16, 1974-1975, p. 422-429.

GLASSNER, Marc, « Marriage and the Use of Force in *Yvain* », *Romania*, 108, 1987, p. 484-502.

GRIMBERT, Joan Tasker, *Yvain dans le miroir : une poétique de la réflexion dans le « Chevalier au Lion » de Chrétien de Troyes*, Amsterdam/Philadelphie, John Benjamins Publishing Company, 1988.

GYÖRY, Jean, « Le temps dans le *Chevalier au Lion* », *Mélanges E. R. Labande*, Poitiers, C. E. S. C. M., 1974, p. 385-394.

HARRIS, Julian, « The Role of the Lion in Chrétien de Troyes' *Yvain* », *Publications of the Modern Language Association of America*, 64, 1949, p. 1143-1163.

HUNT, Tony, *Chrétien de Troyes : « Yvain »*, Londres, 1986 (Critical Guides to French Texts, 55).

KÖHLER, Erich, *L'Aventure chevaleresque. Idéal et réalité dans le roman courtois*, Gallimard, 1974 (édition originale en allemand : 1956).

KOOIJMAN, Jacques, « Temps réel et temps romanesque : le problème de la chronologie relative d'*Yvain* et de *Lancelot* de Chrétien de Troyes », *Le Moyen Âge*, 83, 1977, p. 225-237.

LACY, Norris J., « Organic Structure of Yvain's Expiation », *Romanic Review*, 61, 1970, p. 79-84.

LECOUTEUX, Claude, « Harpin de la Montagne », *Cahiers de civilisation médiévale*, 30, 1987, p. 219-225.

LE GOFF, Jacques, et VIDAL-NAQUET, Pierre, « Lévi-Strauss en Brocéliande. Esquisse pour une analyse d'un roman courtois » (1979), dans *L'Imaginaire médiéval* de Jacques LE GOFF, Gallimard, 1985, p. 151-187.

LOZACHMEUR, Jean-Claude, *La Genèse de la légende d'Yvain : essai de synthèse*, Rennes, 1979 (thèse pour le doctorat ès Lettres), 2 vol.

LYONS, Faith, « Sentiment et rhétorique dans *Yvain* », *Romania*, 83, 1962, p. 370-377.

MADDOX, Donald, « Yvain et le sens de la coutume », *Romania*, 109, 1988, p. 1-17.

MATTHIAS, Anne Susanne, « Yvains Rechtsbrüche », *Beiträge zum romanischen Mittelalter*, éd. K. Baldinger, *Zeitschrift für romanische Philologie (Sonderband)*, 1977, p. 156-192.

MURTAUGH, Daniel, « *Oïr* and *Entandre* : Figuralism and Narrative Structure in Chrétien's *Yvain* », *Romanic Review*, 64, 1973, p. 161-174.

PRIS-MA (Bulletin de liaison de l'équipe de recherche sur la littérature d'imagination du Moyen Âge) : trois numéros spéciaux intitulés « Études sur Yvain » parus en 1987 et 1988.

SCHWEITZER, Edward C., « Pattern and Theme in Chrétien's *Yvain* », *Traditio*, 30, 1974, p. 145-189.

SPARNAAY, Herbert, « Zu Yvain-Owein », *Zeitschrift für romanische Philologie*, 46, 1926, p. 517-562.

STANESCO, Michel, « Le Lion du Chevalier : de la stratégie romanesque à l'emblème poétique », *Littératures*, 19, 1988, p. 13-35 ; 1989, p. 7-13.

UITTI, Karl D., « *Le Chevalier au Lion (Yvain)* », *The Romances of Chrétien de Troyes : a Symposium*, edited by D. Kelly, Lexington, French Forum Publishers, 1985, p. 182-231.

–, « Chrétien de Troyes'*Yvain* : Fiction and Sense », *Romance Philology*, 22, 1968/1969, p. 471-483.

–, « Narrative and Commentary : Chrétien's Devious Narrator in *Yvain* », *Romance Philology*, 33, 1979-1980, p. 160-167.

–, « Intertextuality in *Le Chevalier au Lion* », *Dalhousie French Studies*, 2, 1980, p. 3-13.

VOICU, Mihaela, *Chrétien de Troyes aux sources du roman européen,* Bucarest, Éditions universitaires, 1998 (Philologica Bucurestiensia, 2).

VOISSET, Georges, « Ici, ailleurs, au-delà : topographie du réel et de l'irréel dans *Le Chevalier au Lion* », *Senefiance*, 7, 1979 *(Mélanges Jonin),* p. 703-715.

WALTER, Philippe, *Canicule. Essai de mythologie sur « Yvain » de Chrétien de Troyes*, SEDES, 1988 (bibliographie p. 291-325).

–, « Moires et mémoires du réel : la complainte des tisseuses dans *Yvain* », *Littérature*, 59, 1985, p. 71-84.

–, « La morsure du soleil : Yvain et la peste selon Chrétien de Troyes », *Figures* (Cahier du centre de recherche sur l'image, le symbole et le mythe), 13-14, 1995, p. 43-55.

–, *Chrétien de Troyes*, Presses Universitaires de France, 1997.

ZADDY, Zara P., « The Structure of Chrétien's *Yvain* », *Modern Language Review*, 65, 1970, p. 523-540.

DU MÊME AUTEUR

Dans la même collection

ROMANS DE LA TABLE RONDE : ÉREC ET ÉNIDE,
CLIGÈS OU LA FAUSSE MORTE, LANCELOT LE
CHEVALIER À LA CHARRETTE, YVAIN LE CHE-
VALIER AU LION. *Préface et traduction de Jean-Pierre
Foucher.*
PERCEVAL OU LE ROMAN DU GRAAL, suivi d'un choix
des continuations. *Préface d'Armand Hoog. Traduction de Jean-
Pierre Foucher.*
LANCELOT OU LE CHEVALIER DE LA CHARRETTE.
*Édition présentée et annotée par Mireille Demaules. Traduction de
Daniel Poirion.*

Composition Nord Compo
Impression Novoprint
à Barcelone, le 5 avril 2005
Dépôt légal: avril 2005
Premier dépôt légal dans la collection: juin 2000

ISBN 2-07-041406-X./Imprimé en Espagne.